knowledge-power

读行者

读行者

从阅读走进现实

knowledge-power

自然的世界是铜的世界，

唯有诗人为它镀上金色。

［意］圭多·雷尼《曙光女神》(Aurora, Guido Reni, 1613)。

若还有爱，我便与你同在

苏缨 毛晓雯 著

湖南文艺出版社
HUNAN LITERATURE AND ART PUBLISHING HOUSE
博集天卷
CS-BOOKY

图书在版编目（CIP）数据

若还有爱，我便与你同在 / 苏缨，毛晓雯著 . —长
沙：湖南文艺出版社，2014.3
ISBN 978-7-5404-6595-7

Ⅰ . ①若… Ⅱ . ①苏… ②毛… Ⅲ . ①诗人－生平事
迹－世界 Ⅳ . ① K815.6

中国版本图书馆 CIP 数据核字（2014）第 016242 号

上架建议：人物传记

若还有爱，我便与你同在

作　　者：苏　缨　毛晓雯
出 版 人：刘清华
责任编辑：薛　健　刘诗哲
监　　制：于向勇　康　慨
特约策划：郭　群
营销编辑：吴建荣
封面设计：天行健设计
版式设计：利　锐
内文排版：百朗文化
出版发行：湖南文艺出版社
（长沙市雨花区东二环一段 508 号　邮编：410014）
网　　址：www.hnwy.net
印　　刷：北京缤索印刷有限公司
经　　销：新华书店
开　　本：880mm × 1230mm　1/32
字　　数：200 千字
印　　张：8
版　　次：2014 年 3 月第 1 版
印　　次：2014 年 3 月第 1 次印刷
书　　号：ISBN 978-7-5404-6595-7
定　　价：35.00 元
（若有质量问题，请致电质量监督电话：010-84409925）

【自序】

上帝的创世构思

1

南唐大词家冯延巳填过一首很有名的小词，起句是“风乍起，吹皱一池春水”。一日，冯延巳陪南唐中主李璟同游，李璟笑问他的这位宠臣：“吹皱一池春水，干卿甚事？”冯延巳谄媚作答：“未若陛下‘小楼吹彻玉笙寒’。”

冯延巳想是生怕亦擅诗词的李璟嫉妒自己的佳句，便推举出李璟的名句而谦称不及。其实若抛开这些人际关系上的试探与纠结，李璟的问题实则意味深长——我们甚至可以说，这个问题就是中国一切诗歌美学的根本问题。试想若你自己也是一名诗人，当春风乍起，吹皱一池春水，这无非是最自然、最普通不过的自然现象罢了，更何况，这春风春水既不可充饥，亦不可御寒，说到底究竟关你何事呢？

2

《创世记》记载着上帝用六天时间创造了世界：第一天，上帝创造了光，从此有了昼夜之别；第二天，上帝创造了苍穹，把苍穹以下的水和苍穹以上的水分开；第三天，上帝分出了大地与海洋，使地上生出青草、树木和蔬菜；第四天，上帝创造了日月星辰，用以管昼夜、分光暗；第五天，上帝创造了水中的鱼和天上的鸟，使它们繁衍生息，各从其类；第六天，上帝要使地上生出活物来，便创造了野兽、牲畜和爬行的动物，当然，还有人类——“于是，神照着自己的形象创造人，就是照着神的形象创造了他”。

如此复述一个尽人皆知的故事可能有点让人不耐烦，却又不无必要，因为接下来我们要认真思考一个问题：如果上帝是在创世的第六天照着自己的形象创造了人，那么，在之前的那五天里，他又是“照着什么”创造了日月星辰、天空大地和飞禽走兽的呢?

这绝不是一个无聊的问题，甚至对其重要性我们几乎无法过分评估，因为这实在是西方古典哲学与美学的一大母题，亦是诗歌所渴望达到的美与真的终点。

正如上帝照着自己的形象创造了人，那么在造物的时候，上帝一定在心中先有一个构思。譬如在创造飞鸟之前，上帝心中一定先有一个飞鸟的“样子”。当然，这位上帝不必是基督教的上帝，凡是相信神创论者，他们的神祇亦必在创世之前生出同样的构思。这个“构思”，或神祇心中的“样子”，柏拉图称之为理念，亚里士多德称之为共相，传承为西方哲学与文艺的一大经典命题。及至近代，叔本华的美学依旧因循着这一条进路。中国读者欣赏西方文艺，每每因为不晓得如此背景而感觉隔阂，继而因隔阂而生出倦怠与误读。

［英］爱德华·伯恩–琼斯《创世记，第一日》(Days of Creation, The 1st Day, Edward Burne-Jones, 1870—1876)。“神说：‘要有光！’就有了光。神看光是好的，他就把光、暗分开了。神称光为昼，称暗为夜。有晚上，有早晨；这是第一日。”

［英］爱德华·伯恩 - 琼斯《创世记，第三日》(Days of Creation, The 3rd Day, Edward Burne-Jones, 1870—1876)。“神说：‘地上要长出青草、结种子的蔬菜和结果子的树木，各从其类，在地上的果子都包着核！’……神看这是好的。有晚上，有早晨；这是第三日。”

3

风乍起，吹皱一池春水。

若有人问你，吹皱一池春水究竟与你何干，你自可以借用欧阳修的话来答："人生自是有情痴，此恨不关风与月。"风也好，水也好，水面因风而起的波纹也好，本与我们没有任何干系，不过因为我们心内的情痴，故而每每在风前、水前、水面因风而起的波纹前，或触景生情，或因物起兴罢了。

而在太多的西方文人看来，这任一的风、任一的水、任一的水面因风而起的波纹，背后都是唯一的风、唯一的水、唯一的水面因风而起的波纹，亦即上帝或任何神祇在创世之前所产生的唯一且完美的构思。也就是说，一切的风光物象之美，在我们而言是因心绪而美，在西方的文人看来，是因为创世神的构思而完美。

4

有一次，牧神向太阳神阿波罗提出挑战，要和他比试一下音乐才华。在后者应允之后，年高德劭的山神被请来充当裁判。当然，我们难免嗔怪牧神的鲁莽和自恋，因为我们都知道，在奥林匹斯的众神当中，太阳神的音乐才华无与伦比。

但牧神自信满满，在赛事上——让我们借用一下牧神的同情者诗人雪莱的诗句——牧神只用一支笛子，"歌唱舞蹈的群星，歌唱万变的大地与天庭，歌唱恢弘的战争，歌唱爱情、死亡和生命（I sang of the dancing stars, /I sang of the daedal Earth, /And of Heaven - and the giant wars, /And Love, and Death, and Birth, - ）"。

比赛的结果毫无悬念，山神宣告阿波罗获胜。这个判决得到了在场所有人的赞同，除了一个人——牧神的忠实追随者弥达斯国王。"你们怎么可能不被牧神的笛声陶醉，而把桂冠轻率地送给太阳神呢！”弥达斯强烈地质疑着判决的不公，太阳神并不辩解，径自将弥达斯那双不中用的耳朵变成了驴耳。

我们或许会替弥达斯申辩：真理往往掌握在少数人的手里，更何况艺术一类的事情总是曲高和寡，经典的歌剧唱段总不如排行榜金曲能赢得更多的听众；或者说，艺术怎能有客观的标准呢，又怎能以票数或裁判的个人意志来辨别优劣呢？

是的，我们还可以参照《庄子·齐物论》的一则故事。啮缺问王倪：“你知道万物有共同的标准吗？”王倪说：“我怎么知道！”啮缺又问：“你知道你所不知道的事吗？”王倪说：“我怎么知道！”啮缺又问：“那么万物就无从知晓了吗？”王倪说：“我怎么知道！虽然我一概不知道，但凑合着说两句吧。你怎么知道我所谓的‘知’不是‘不知’呢？你又怎么知道我所谓的‘不知’其实是‘知’呢？我来问你，人睡在潮湿的地方就容易生病，泥鳅也会吗？人爬到树梢上就会惊慌，猿猴也会吗？人、泥鳅、猿猴，这三者之中，谁的生活习惯才算是标准的生活习惯呢？人吃肉，麋鹿吃草，蜈蚣吃小蛇，猫头鹰吃老鼠，谁的口味才算标准口味呢？毛嫱和西施是公认的美女，但鱼儿看见她们就会沉入水底，鸟儿看见她们就会高飞而去，麋鹿看见她们就会撒腿飞奔，怎样的美丽才算标准的美丽呢？在我看来，何谓仁义，何谓是非，纷繁复杂，我怎么区别得了呢？”

在东方的文艺传统里，我们受庄子的影响最深，总喜欢讲“各花入各眼”，那么所谓好诗与坏诗也无非因人而异罢了；而在西方的文艺传统里，创世神对宇宙万物的那些“构思”便是完美的客观典范，诗歌愈接近之，便愈是趋近于美，只是那典范究竟是何等模样，人间唇舌总难以描述得清。

当然，这还只是东西文化众多隔膜中的区区一例而已。今天的我们虽然能轻易看到世界各地的高山大川，却未必因此也可以轻易看到那些高山大川藏在地底数百、数千米深的根基。我们时常不明白，为什么某一脉远处的山峦会舒展得那样奇异，若我们晓得了它的深层地质，便会明白它其实也像我们家乡的山河一样美得自然而纯粹。

毛晓雯

2013年12月

［荷兰］雅各布·乔丹斯《弥达斯的裁判》（The Judgement of Midas, Jacob Jordaens, Unknown Date）。乔丹斯是17世纪著名的巴洛克风格画家，在这幅作品里，老山神坐在中间的裁判席上，宣布阿波罗获胜，眼睛却看着弥达斯国王（右一），弥达斯以坚定的手势表达着对牧神的支持，耳朵却正在变成驴耳。

［法］克劳德·洛兰《阿波罗与缪斯女神在赫利孔山》(Apollo and the Muses on Mount Helicon, Claude Lorrain, 1680)。赫利孔山是九位缪斯女神的神庙所在，古希腊的伟大诗人赫西俄德称自己就是在这座山的山脚下由缪斯女神亲授诗歌的，自此诗旨便有了神谕的色彩。

［英］约翰·麦尔惠士·斯特拉维克《阿克莱西娅》（Acrasia, John MelhuishStrudwick, 1888）。图画描绘的是英国诗人爱德蒙·斯宾塞《仙后》（The Faerie Queene, by Edmund Spenser）的诗意场景。画面中央的阿克莱西娅是一位美丽的巫女，温柔地拥着怀中的骑士。侍女们亦莫不关切地望着他，而她们的身体幻入了梦幻般的树丛之中。诗歌未尝不是所有时代的巫术，将凡俗的我们托举到现实中不可能存在的璀璨幻境中去。

若还有爱，
我便与你同在

目　录

[英]爱德华·伯恩-琼斯《希望》(Hope, Edward Burne-Jones, 1896)。威廉·莫里斯为这幅画题有诗句："若人在极深的夜里，赤裸的双脚在冰冷的镣铐里，呼吸在极度逼仄的空间里，诗歌总会是手中至少会有的一束花枝，是目光尽头的一扇窗子。"

【在时光深处遇见】

萨福

（Sappho，630 或 612 B.C.—592 或 560 B.C.）

/

/

/

古希腊女诗人，世界上第一位吟唱个人爱情的诗人。一生中，萨福酷爱音乐和诗歌、河流和花朵，与她众多的女弟子相恋过，做过她老师的情妇，最后爱上一位默默无闻的猎人，并因之殉情而死。对这个世界，萨福始终怀着真挚与热情。即便说她的整个灵魂都是爱，也不为过。因此，萨福无须任何其他的纪念，她既不需要因为某种奇异的罪名被钉于高悬的耻辱柱——如雅典法庭所做；也不需要人们将她的头像镌于银币之上——如莱斯博斯岛岛民所做。只要你还有爱，萨福便与你同在。而萨福的诗令人相信，即使有一天，这个世界变成巨大的坟场，变成所有人对所有人的战争，她的灵魂，也是最后一星不灭的磷火。

01 悬崖上的萨福

如果没有我们的声音

就没有合唱，如果

没有歌曲，就没有开花的树林。

——［古希腊］萨福

1

某年夏天，我和电影学院的几个朋友聊起电影，不知怎么的，话题就锁定在《卧虎藏龙》为何能够赢得奥斯卡最佳外语片奖上。几乎所有人都疑惑，对于这部如此东方的电影，持西方文化背景的人究竟能够理解多少呢？那一天，满街都是栀子花的芳馥，鼻尖近处则是拿铁烟熏一般淡淡的香气，我不由得有些出神，暗想它们两个或许也不能够彼此欣赏吧？

大卫，一个很帅气的美国留学生，就坐在我的对面，不断以大胆而圆凿方枘的回答印证着大家的疑惑。但是，出人意料的事情终于发生了。

我们讨论到影片最后的那个镜头：章子怡饰演的玉娇龙从武当山的一座石桥上纵身跃下，下面是白色的云、蓝色的天以及不知道颜色的大地。玉娇龙像是在坠落，又像是在飞翔，画面很美丽，音乐很悠扬，但是，这到底是为了什么？

是为了罗小虎讲给她的那个跳崖许愿的传说吗？是因为对李慕白、俞秀莲的歉疚吗？又或者是心灰意冷、无所留恋吗？她已经逃出了家，悔掉了婚，师父碧眼狐狸死了，一心要收服自己的李慕白也死了，一切明的、暗的束缚都已不复存在，身边唯一的这个人恰恰就是自己曾经一心要寻找的恋人，那么，她究竟有什么理由跳下那座美丽的悬崖呢——闭上眼睛，带着一脸的释然？

“因为，她发现自己爱上了李慕白，跳崖是为了治愈这份无望的爱情，”大卫说，“如果死了，就让自己为爱情殉葬；如果侥幸不死，她就会从这份爱情里解脱出来，开始新生。”

这真是语惊四座。大卫有点发窘：“我又说错了什么吗？”

“不，我们之所以吃惊，只是因为这是你第一次解释得貌似合理，而且，居然还很有诗意。”不记得是谁这么说，随即有人附和着：“真的啊，以前真没看出来你这么有想象力。”

大卫略有羞赧，嗫嚅着说：“这不是什么想象力，这是古希腊的一项传统，Sappho 不就是这么跳崖的吗，像玉娇龙一样？”

Sappho？Sappho 是谁？什么又是古希腊的传统呢？难道《卧虎藏龙》这样一个如此东方的故事还暗合着什么隐秘的西方传统吗？

我终于想起，这位Sappho就是西方历史上第一位女诗人，中文译名叫做萨福，老一辈的学者飞白执意把这个名字译作萨芾，他说古希腊文里的 Sappho 并非姓氏，而是一个极为美丽的名字，意思是“蓝宝石”，也就是英文里的 Sapphire。这些都是当年学过、还做过笔记的知识，现在竟然要反应上一时半刻才能想得起来了。

萨福生活在小亚细亚海岸的莱斯博斯岛（Lesbos）上，柏拉图说她是第十位缪斯（在希腊神话里，缪斯是司掌文艺的女神，共有九位）。我隐约还背得出她的诗，因为在中国新文化运动的时期，周作人特别推崇她，新月派诗人朱湘也曾用极大的心血来翻译她的作品；我也还隐约记得她是跳海而死的，从一座悬崖跳进大海，但我不晓得这居然是什么古希腊的传统，而且可以治愈爱情的伤。

2

大卫说，跳崖在西方世界里是一个经典的文学符号。最早在古希腊的卢卡特，人们在祭祀太阳神阿波罗的时候，总会选出一名“幸运的”囚犯，在他的背上系上风筝一般的翅膀，然后把他从悬崖上丢到海里。在当时的希腊人看来，这简直就是一次狂欢节，没有一丁点儿残忍的成分。在悬崖下方的海面上，很多小船就像一座座临时的看台，每个人都翘首以盼那惊心动魄的一刻。当水花高高溅起的时候，他们禁不住欢呼鼓掌，然后凝神屏息地注视着水花下面的波浪和波浪上散落的羽毛；他们给了那名囚犯一线生机，只要他奇迹般地浮出水面，并且还能呼吸的话，他们就会赦免他的一切罪过，任他攀上最近的小船，带他到某个遥远的岛屿，给他一个全新的名字，赐予他新生。

这样的仪式其实是对太阳的模仿——太阳在每一个黄昏坠入海底，又在另一个黎明从海水中重生。当地人相信，每一天的太阳都是全新的一个，它在完成了当天的工作之后，便沉到海底，熄灭，死亡；太阳神会把一轮新的太阳放到黄金马车的车厢里，在第二天拖着它巡行天宇。如此日复一日，年复一年。大海是太阳的坟场，宇宙活过了多少天，海底就埋葬了多少颗太阳。渺小的人，当他从悬崖上坠落海底之后，浮起来的那个当然也像每天黎明的太阳一样，是一个全新的生命。曾经的爱与恨、恩与怨，种种束缚着他的锁链，在这一瞬间被一齐斩断。

于是，卢卡特的悬崖渐渐变成了爱情的圣地，你若是摆脱不了相思的煎熬，若是因为爱情的伤口难以愈合，那就从悬崖上跳进大海吧，如果你能浮出水面，那一定就是你的新生了。第一个这样做的人就是史上第一位女诗人萨福，莱斯博斯的萨福，她爱上了一个名叫法翁的年轻俊美却冰冷无情的猎手。她认为爱情的道理就是这般简单，简单到不可思议的地步：

我不要蜂蜜，亦不要蜂蜇。

这是萨福某一首诗歌的残句，但也许不是残句，也许全部诗篇就只有这样两句，再多一个字都是赘疣，是绑在坠崖囚犯背上的那个风筝一般的翅膀。

查尔斯·奥古斯特·孟金画出的萨福就是站在悬崖边的样子，这是最富戏剧性的一刻，萨福披散着一头风一样的黑发，袒露上身，左手倚靠着一块耸立出来的岩石，右手无力地垂着，拿着一架竖琴——那是她的灵魂与生命，将和她一起死亡，或一起重生；海面也许仅仅是因为遥远才显得平静，但我们分明会预见到下一刻的水花飞溅。阴郁的萨福像夜幕里一抹背向月光的乌云，些微的亮色是从天际透出的死神的磷火。

萨福袒露的乳房似乎为画面增添了些许色情意味，但这其实是有来历的：萨福曾经因为某种罪名——或许是人们指责她教坏了全希腊的年轻女子，被送

［法］查尔斯·奥古斯特·孟金《萨福》
（Sappho, Charles August Mengin, 1877）

上法庭受审，轮到她为自己辩护的时候，她咬着嘴唇，只做了一件事情：解开上衣。喧嚣的法庭突然间肃静下来，男人们屏住了呼吸，方才还熊熊燃烧着的刻骨敌意不经意间已经结成了冰凌，融成了春水。他们突然不明白自己为什么要审判这样一个美丽的女子，这女子分明是爱与美之神阿佛洛狄忒最虔诚的祭司，没有人可以判“美”有罪，更没有人可以判“爱”有罪。

如果没有人可以判爱与美有罪，那么，当然也没有人可以判“诗”有罪。

诗与爱、与美一样，高贵而脆弱，小心呵护都唯恐不及，怎么能轻易亵渎、毁损呢？

萨福就是这样被当庭开释的，而吊诡的是，爱与美联合着诗，终于一起判了萨福的罪，并且要她自己站在悬崖的边缘，自己做自己的行刑人。

如果古老的传说多少还有一点可靠的话，当萨福站在悬崖上的时候，她其实已经是个五十五岁的女人了，这个年纪还应该、还可以与爱情有任何关联吗？诗人索福克勒斯有次碰到别人问他：“索福克勒斯，你对于谈情说爱怎么样了，这么大年纪还向女人献殷勤吗？”诗人答道：“别提啦！洗手不干啦！谢天谢地，我就像从一个又疯又狠的奴隶主手里挣脱出来了似的。”这则逸闻被柏拉图记载在《理想国》里，就连伟大的苏格拉底都要为之深思。

苏格拉底会嘲笑萨福的不智吗？五十五岁，女人到了这个年纪，大多归于平庸、归于厌倦、归于堆积如山的家务事，谁还有一颗柔软如云朵的心，去感受爱情？

我见过太多的花季少女斤斤计较着婚姻的价格，和她们比起来，年过半百却为爱情站在悬崖边上的萨福，是否才算得上真正的少女呢？

她们恨她，古往今来都恨着她，因为正是她的存在才刺眼地衬托出了她们的平庸。

诗歌于她们只是装点门面的谈资，于她却是每一天真实生活里的柴米油盐。

［瑞士］恩斯特·斯达克尔伯格《萨福》(Sappho, Ernst Stuec-kelberg, 1897)。画家偏偏用明媚的光线与盛开的花朵来体现萨福纵身一跃的刹那，近景的帆船与远景的城郭无不暗示着生之美好。

竖琴(lyre)永远都是萨福的标志，而lyric(抒情诗、歌词)的词根就是lyre。古希腊的诗歌主要有祭祀诗、史诗和抒情诗三类，拿着竖琴的萨福就是抒情诗的经典象征。

［法］让－莱昂·杰罗姆《菲丽妮在雅典法庭上的裸体》（Phryne revealed before the Areopagus, Jean-Léon Gérôme, 1861）。菲丽妮的法庭裸体与萨福的法庭裸体是同一个故事的不同变体。画面上，菲丽妮（或萨福）被辩护人突然扯去了衣衫，仓促间抬手遮住羞赧的脸，而那些年高德劭的法官尽现心荡神驰的样子。

［法］古斯塔夫·莫罗《萨福》(Sappho, Gustave Moreau, 1872)。同样表现跳崖的一刻，这一幅在风格上与孟金的画作截然不同，没有一点阴郁的色彩，只有绚烂和华丽。孟金的背景是无垠的暗海，莫罗却把四分之三的背景给了温暖的天空，就连所余不多的海面也被霞光映成了一片金色，仿佛这已经是浴海新生之后的画面。

3

听大卫讲完萨福的故事和卢卡特的象征，仿佛《卧虎藏龙》那个许愿与跳崖的结尾当真巧妙地呼应着西方文化传统，以至于我们中国人反而觉得隔膜了。的确，这样一来，不但结尾好理解了，而且一切曾经看上去费解的地方也豁然开朗了，并且，这尤其的美，尤其的纠结。萨福扔掉了竖琴，玉娇龙扔掉了剑，那都是她们曾经最为执著的东西。

那天晚上，我找来王度庐的《卧虎藏龙》小说原著来看，在结尾处，跳崖实际上是一个深思熟虑的计划，似乎也并无多少诗意："关于玉娇龙要上妙山为父还愿之事，玉宅两位丁忧在家的知府宝恩和宝泽全都非常之忧虑。其实妙山离京城很近，妹妹前去烧一炷香并不至于有什么舛错，可是，听说妹妹当初为父亲许的愿却是要跳崖。妙山上有一座悬崖，其高无比，下临深涧，一般孝子贤孙常为父母之病来此舍身跳崖。据说因为是一片孝心、一秉虔诚，能够感动神明，所以时常由高崖跳下之时，有神保佑，竟能丝毫无恙，而父母之病却因之得以痊愈。但这也不过是一个传说，谁也没有看见过。如今玉娇龙要去投崖，纵使她会武艺、精拳脚，投了下去也多半是死，谁能放心呢？"

玉娇龙却是借着跳崖的传说遁身于世人的视野之外，然后见了罗小虎一面，就算了断最后的尘缘了。"她既难忘爱人的痴情，又不能不守母亲未殁之时的遗言。总之，玉娇龙虽已走出了侯门，究竟仍是侯门之女，罗小虎虽久已改了盗行，可到底还是强盗出身，她绝不能做强盗的妻子。所以玉娇龙来此一会，绮梦重温，酬情尽义，但又不敢留恋，次日便决然而去，如神龙之尾，不知'藏'往何处去了。"

幸好王度庐还为《卧虎藏龙》写过续篇，叫做《铁骑银瓶》，所以我知道玉娇龙最终纵马出了玉门关，立誓不再踏入中原，凭着一身武艺在新疆闯出了"春大王爷”的名头。这样看来，她的确因跳崖而得到了新生，这新生却不是命运的安排，而分明是她自己的选择。

那个只懂诗艺、不懂武艺的萨福却无力安排自己的新生，但她一定还怀着希望，笃信海神波塞冬一定会满心怜悯地用波浪托起自己赤裸的双足，再安排一股温暖的洋流，带自己到大海中的“玉门关”外。亚里士多德在《修辞学》里记述着萨福的诗歌残句：“死是恶事，诸神如此规定；若非如此，诸神也会死去。”萨福是阿佛洛狄忒的门徒，所以世间的一切恶事本该自然而然地与她无缘才是。

那么，“缺乏”是不是恶事呢？无论为爱、为诗、为生活，我们永远都为缺乏而焦虑。在崎岖的小径上缺一只可靠的臂膀，在忐忑的分秒里缺一条慰藉的短信，林林总总，一幅幅拼不全的图案。但是，小爱神厄洛斯，也就是那位背着金箭和银箭的丘比特，他的名字在古希腊语里就意味着缺乏，缺乏与爱是分不开的，它们互为因果，彼此无休止地折磨着对方，正如萨福和法翁一样。

4

法翁也获得过新生，另一种新生。

你可能想象不到，令萨福如痴如狂的猎人法翁原本只是一个老迈而丑陋的摆渡人，除了一只不大可靠的小船和一份十分可靠的善良之外，他实在一无所有。有一天，一位老婆婆要搭他的船，但拿不出足够的船资。法翁心生怜悯，索性一文不取。老婆婆其实是爱与美之神阿佛洛狄忒假扮的，为了报答他，她让他恢复了青春，还赐予他俊美无双的容颜。

女神的变化之功简直到了连她自己都无法想象的地步，她使法翁变得过于英

［英］弗雷德里克·莱顿《海边捡石子的希腊女孩》(Greek Girls Picking Up Pebbles By The Sea, Lord Frederic Leighton, 1871)。莱顿是英国19世纪的学院派画家，这是他的代表作之一。从画面中遥想萨福与她的弟子们生活的图景，应当也是这般娴雅却不失活力的模样。

海风阵阵，女孩们裙裾飞扬。轻纱和缎带在风的鼓动下，就像一对对宽阔的翅膀。我猜这正是莱顿的用意所在，他用纺织品不太自然的形状暗示：在希腊玫瑰色的天空下，沙滩上的女孩随时可能化身天使，下一秒就踮起脚展开手臂，将她们的美带到与地球截然不同的另一颗星球之上。

俊，以至于连她自己都无法抵御法翁这份新生出来的魅力。她不可救药地爱上了他，把他藏在大麦田里，时不时地跑去幽会。

但没人知道萨福是怎样爱上法翁的，想来萨福既然是阿佛洛狄忒的忠实信徒，或许有机会见到女神的情人吧。她那凡夫俗子的定力不能阻止她对法翁一见钟情，而她那颗诗人的心注定要做痛苦的催化剂。

为什么会这样呢？因为生活的本质是中庸，而诗歌的本质是极端。在凡俗的世界里，你必须规行矩步，刻意保持着几分装腔作势的无知，凡事既无过分，亦无不及，像宝钗那样浅浅淡淡地在每件事情上恰到好处，永远在温室里过着没有四季的日子；在诗歌的世界里，诗律是你唯一要遵守的准则，若爱便不顾一切，若恨便舍生忘死，热起来便有十个太阳灼伤你的唇，冷起来便有漫天冰雪迷住你的眼，仿佛永远驻守在极地，若非极昼，便是极夜。

萨福对法翁的爱便是烈火对冰雪的追逐，或者说就像一台制冰机，愈是用力、用热、用电，便收获愈多的冰块。

所以，只喜欢花好月圆的凡夫俗子们每每用自己的想象来撮合这一对怨侣，譬如画家雅克－路易斯·大卫刻意在画布上收敛了萨福的诗性和法翁的野性，把他们打扮成宫廷贵族的模样，在一处典雅而华贵的居室里淡淡地甜蜜、淡淡地忧伤。这曾是 19 世纪极受上流社会追捧的一幅画作，但萨福若果真的重生，一定不会在这块画布上认出自己。

5

萨福大约是公元前 7 世纪的人，在中国正是春秋时代，当春秋诸侯们正在外交场合上彼此以《诗经》的句子迎来送往的时候，希腊的女诗人萨福就在莱斯博

［法］雅克-路易斯·大卫《萨福与法翁》(Sappho and Phaon, Jacques-Louis David, 1809)。大卫曾任拿破仑皇帝的首席宫廷画家，这幅画正是以柔美而矫饰的宫廷趣味来阐释这一对本该散发着素朴与天然之美的怨侣。法翁的长矛和弓箭说明了他的猎手身份，是他主宰着画面，把萨福的脸转向外面的观者。萨福则是失神般百依百顺的样子，甚至连手指都从竖琴上松开了——在此之前，没有任何一幅画里萨福不是拿着竖琴的，那是她的诗艺与灵魂的符号，但此刻为了法翁，她居然忘记了竖琴。手指从竖琴上松开，这个动作也隐喻了萨福的死亡。

斯岛上为少女们传授诗艺。那时候，中国只有诗歌而没有诗人，而希腊却早已是诗人们的天堂了。

我们知道一些古希腊的男性诗人，著名者如阿尔凯奥斯(Alkaios)，他是萨福的同乡，一生戎马倥偬、激昂好斗。他支持过平民反对贵族，也支持过贵族反对僭主，屡战屡败，屡败屡战，最后心灰意冷地在酒乡里找到了归宿。他擅写饮酒歌，那时的人们经常围坐一起，轮番唱着阿尔凯奥斯的诗句，痛饮狂歌，飞扬跋扈。“哪里有酒，哪里就有真理”，这就是阿尔凯奥斯最著名的诗句，我想他的意思应该是“只要有酒，只要可以迷醉在片时的快乐里，便无所谓什么真理”。

据说，萨福在十七岁那年结识了阿尔凯奥斯，羞赧地向他请教诗艺，请他指点自己那些或许过于少女的诗歌。后来两个人结下了诗歌的友谊，彼此唱和，在竖琴的伴奏下，用天使的声音一问一答。

也许，这就是萨福的初恋?

阿尔玛－塔德玛绘制的这幅《萨福与阿尔凯奥斯》，最符合我私心的想象。我刻意把这幅画推迟到现在才出现，是觉得这一缕古希腊的清澈海风在之前几幅画作的阴郁、华贵与浮夸之后会带给读者顿悟一般的喜悦。

画面上是莱斯博斯岛的一隅，左侧是萨福和她的女弟子们，入神得几乎忘记了必要的矜持，右侧是阿尔凯奥斯的诗歌表演。竖琴执在了阿尔凯奥斯的手里，但我们不免想象，当一曲终了，这竖琴便会交到萨福手里，使萨福由听者变为歌者。将要吟唱而尚未吟唱的萨福，是这幅画带给我们的最美丽的期待。

大理石阶梯座椅上的那些字符，都是萨福女弟子们的名字。让我们留意一下右上角那个名字，阿狄司（Atthis），萨福最爱的女孩子。萨福时常写诗给她，我最喜欢那首《阿狄司，这是你说过的话》，不多的诗行，却从平淡转入嬉戏，从嬉戏转入庄严，从庄严转入忧伤，仿佛浓缩四季于一瞬：

萨福，如果你再不起床
不让我们瞧着你
我就不再爱你了！

起来吧，放松你柔软的
躯体，脱下你的希俄斯睡衣
像一枝百合花斜倚在

［英］劳伦斯·阿尔玛–塔德玛《萨福与阿尔凯奥斯》
（Sappho and Alcaeus, Sir Lawrence Alma-Tadema, 1881）。

［英］约翰·威廉·格维德《在萨福的年代》（In the Days of Sappho, John William Godward, 1904）。

泉水中，你沐浴吧
克勒斯正从衣柜里
取出你最好的紫色外衣

和黄色的短袖衫
你将有一件斗篷披在身上
还有花儿戴在你的发上……

普拉希诺阿，我的孩子，你愿
为我们的早餐烤一些坚果吗？

有一位神明是庇佑我们的：

今天，我们终于要去
米蒂利尼，我们心爱的
城市，它的众女子中最可爱的

一个，萨福，和我们一起
她行走在我们中间，就像
被女儿们簇拥着的母亲

当她从流放中回到家里……

但是，这一切都已被你忘记。
（罗洛译）

这首诗我选择了罗洛的译文，它是从玛丽·巴纳德 1958 年的英译本转译来的。玛丽·巴纳德的译本被评论家誉为“接近完美的英译本”，今天已经成为英语世界里的标准萨福了。It was you, Atthis, who said，这就是玛丽的译文：

It was you, Atthis, who said

Sappho, if you will not get
up and let us look at you

I shall never love you again!

Get up, unleash your suppleness,
lift off your Chian nightdress
and, like a lily leaning into

a spring, bathe in the water.
Cleis is bringing your best
pruple frock and the yellow

tunic down from the clothes chest;
you will have a cloak thrown over
you and flowers crowning your hair...

Praxinoa, my child, will you please
roast nuts for our breakfast? One
of the gods is being good to us:

today we are going at last
into Mitylene, our favorite
city, with Sappho, loveliest

of its women; she will walk

among us like a mother with
all her daughters around her

"when she comes home from exile..."

But you forget everything
(tr. Mary Barnard)

这首诗没有出神入化的奇妙修辞，也没有掷地有声的金石良言，只似闲话家常般娓娓道来，除了第一句萨福勾起回忆和末一句“但是，这一切都已被你忘记”，全是诗人追想阿狄司的种种话语。一切都是为了末句服务——做足最温馨的铺垫，只为末句最悲伤的逆转。在两千六百年前，萨福就已经悟出铺陈与逆转的诗艺了，这是多么令人惊叹啊。

就这样，萨福和阿狄司，还有许许多多的女孩子生活在天堂一般的莱斯博斯岛上，她们一同祭祀阿佛洛狄忒。萨福还教女孩子们各种美的技艺，除了诗歌、音乐和舞蹈之外，还有化妆术、美容术和……厨艺！所以，有人猜测萨福一定是办了一座女子学园，就像柏拉图的那个学园一样；还有人猜测萨福和她的女弟子们是最早的一批女同性恋者，她们构建了一处女子天堂，远离男权主宰的世界。

时至今日，英文里表示女同性恋的两个名词——Sapphism 和 Lesbianism，词根分别就是萨福（Sappho）和莱斯博斯（Lesbos），没人考证得清这究竟源自猜测还是误解。人们只觉得这是一些奇异的女子，她们不合常规，我行我素，像诗歌一样不可捉摸。但是，只要一个人还不曾彻底丧失诗意的话，便会觉得这些女子实在是这个世界上最不可或缺的，因为他一定会相信她们的话：

……如果没有我们的声音

就没有合唱，如果

没有歌曲，就没有开花的树林。

（罗洛译）

while no voices chanted

choruses without ours,

no woodlot bloomed in spring without song...

(tr. Mary Barnard)

［比利时］皮埃尔·奥利弗·约瑟夫·库曼《萨福与米蒂利尼》(Sappho and Mitylene, Pierre Olivier Joseph Cooman, 1876)。米蒂利尼是莱斯博斯岛上的城市，萨福一生中的大部分时间都是在这里度过的。“今天，我们终于要去米蒂利尼，我们心爱的城市”，《阿狄司，这是你说过的话》一诗中提到的美丽城市就是这里。

02 悬崖下的萨福

好比野生的风信子茂盛在山岭上，
在牧人们往来的脚下她受损受伤，
一直到紫色的花儿在泥土里灭亡。

——［古希腊］萨福

1

萨福也许不觉得自己是个诗人，她不会“创作”诗歌，只是在这个纷繁的世界里“发现”诗歌罢了。

不，这甚至不是“文章本天成，妙手偶得之”的意思，竖琴才是藏着太多话语的诗人，萨福相信自己只是一个灵媒，在竖琴和人世间传递奥义。她说：

我拿起七弦琴，说——
现在来吧，我的
神圣的龟甲，变成
会说话的乐器吧
（罗洛译）

I took my lyre and said:

Come now, my heavenly

tortoise shell: become

a speaking instrument

(tr. Mary Barnard)

为何竖琴会是“神圣的龟甲”？因为祭祀以龟甲占卜，从裂纹中解读神谕。竖琴分明就是缪斯本身，萨福只是把缪斯女神的歌声解读成凡人能够听懂的语言。所以，对这首诗，田晓菲的译文最是直接痛快：

对我开口，神圣的竖琴——

为你自己找到一个声音！

不要以为这是诗人特有的矫情，因为在古希腊人看来，诗人和祭司都是诸神之子，有关真理的消息都是由他们透露给世间的，并且，诗人们往往说不清自己是如何创作出那些优美诗句的——苏格拉底曾经就这个事情诘问过城邦里著名的诗人们，发现每一个人都说不清楚自己的创作过程，所以他便颇有信心地怀疑只有平庸的诗歌才出自诗人本人的创作，卓越的诗歌只能出自神祇的启示。这样看来，最伟大的诗句不是得自“创作”，而是得自“发现”和“阐释”。

所以，萨福这首吟咏竖琴的诗不仅一点都不像看上去那般谦卑，反而透着高傲。也许所有登临过艺术至境的人，无论时代、地域、民族，都有过与萨福相同的感受。

日本有一个“驯琴”的传说，故事中全是中国元素：故事是说在太古时代的龙门峡谷里，矗立着一棵和大地一样古老的梧桐树，有仙人用这棵树制作了一张

［法］查尔斯·尼古拉斯·拉斐尔·拉芳德《萨福为荷马歌唱》(Sappho Sings for Homer, Charles Nicolas Rafael Lafond, 1824)。虽然毫无史料依据，这却是激动人心的一幕：最伟大的男诗人荷马和最伟大的女诗人萨福坦诚相见，弹琴论艺。这是西方文学传统里史诗与抒情诗的两大祖师的会面，其意义不亚于中国传说中的孔子与老子的会面。

古琴，这古琴有着桀骜不驯的灵魂，非伟大的琴师无法将其降伏。皇帝得到了这张古琴，为此请来了所有著名的琴师，但每一个琴师无论如何用力，在这张古琴上都只得到了轻蔑的杂音，竟奏不成任何如意的曲调。

铩羽而归的琴师们偷偷议论，笃定这张古琴其实不过是传自远古的一件次品罢了。但是，伯牙的出现成为转捩点。他在这张古琴上奏出了无人听过，甚至无人敢于想象的最美的乐音，以至于方圆百里之内，所有的乐器竟然在无人拨弄下，自动地唱出了泛音与和声。

皇帝大喜过望，向伯牙询问驯琴的秘诀，伯牙答道："那些失败的琴师都试图以自己的音乐来驾驭这张古琴，我只不过任由这张古琴选择它自己的音乐。我不知道方才我是否弹奏了它，当时也分不清究竟古琴就是伯牙，抑或伯牙就是古琴。"

2

萨福有两首诗我最喜欢，它们都是残篇，像萨福流传下来的绝大多数诗歌一样。还记得其中一首是在周作人的文集里读到的，编者在序言里说，周先生因为日伪的背景，在 1949 年以后便从创作转向了研究，靠译介古希腊文学来消磨岁月。想来也是容易理解的，毕竟古希腊文学不但绽放着永恒的质朴之美，而且距离现实最是遥远，不会为现实中的疾风骤雨侵扰。于是，在一个裹挟着菊花香的和煦下午，我读到了这首诗：

黄昏呀，你招回一切，光明的早晨所驱散的一切，
你招回绵羊，招回山羊，招回小孩到母亲的身旁。

德米特里（Demetrius），一位公元前的学者，在自己的《论风格》一书里引述过这两句诗，也正是因为这个缘故，我们今天才捕捉得到萨福这白驹过隙般的片帆只影。当初，德米特里引述这两句诗是为了阐明一个精致的文学手法：“诗的魅力在于对‘招回’一词重复，这个词每次指向的其实是同一个对象。”

黄昏和早晨怎么会是同一个对象呢？因为黄昏之星与黎明之星，中国人称之为长庚星和启明星，其实都是同一颗星。那是金星，爱与美之神的天车，它在黎明驱散一切，把绵羊赶进牧场，把山羊赶上岩石，把小孩子带到任何可以玩耍的地方；她在黄昏招回一切，招回早晨所驱散的一切，如此日复一日，年复一年，日夜轮回，季节流转，广袤世界仿佛只是女神掌中一只小小的梳妆匣，被她毫不费力地打开又合上。于是，无论在晨曦还是在暮色里，只要我们看得见天边的那颗星，就可以暖暖地安下心来，知晓女神仍然在那里看护着我们，以她最柔软的目光。

O HESPERUS! Thou bringest all things home;
All that the garish day hath scattered wide;
The sheep, the goat, back to the welcome fold;
Thou bring'st the child, too, to his mother's side.

在玛丽·巴纳德的英译本里，这诗句被表达为萨福向金星（Hesperus）的直接倾诉，而我偏爱周先生的译文，读起来仿佛自己就坐在阿卡迪亚的草地上，无论是风吹草动、鸟啼蝉鸣，大自然的种种声音在萨福的世界里都宛如悠扬的牧歌，但闻吹万不同，不识怒者其谁。

3

我爱的另一首诗，或许要算两首，原本也不是从萨福的诗集，而是从朱湘的文集里读到的。

朱湘，今天即便是读过中文专业的人，怕也识不得这个名字了。他是 20 世纪 20 年代的清华才子，但过于浓烈的诗人气质使他无法适应按部就班的校园生活，于是仿佛是现实版《死亡诗社》的故事，他像“船长”那样说道：“人生是奋斗的，而清华只有钻分数；人生是变换的，而清华只有单调；人生是热辣辣的，而清华只是隔靴搔痒。”其后朱湘赴美留学，同样的问题迫使他提前回国，被推荐到安徽大学任英文系主任。

在美国虽然没有拿到学位，但他并不遗憾，他说：“博士学位任何人经过努力都可拿到，但诗非朱湘不能写。”若从精神层面看，这话漂亮得高洁；若从生活层面看，这话漂亮得沉重。

如果我们只以简历来了解一个人的话，朱湘的生涯简直会令人嫉妒，但不知怎的，他永远都对现实不满。他的身份虽然已从学生变成了教授，但校方依旧惹他动了气，他终于愤而辞职，并抛下了一句名言——教师出卖智力，小工子出卖力气，妓女出卖肉体，其实都是一回事：出卖自己！

如果写诗就是诗人的天职，那么除了写诗之外的任何工作无疑都是对诗歌的亵渎。朱湘是一个真正的诗人，并且除了“诗人”之外，他不觉得自己还有任何其他身份。教授的月薪是三百大洋，足够让他过人上人的日子；写诗却赚不来一文钱，生活只能靠妻子打零工来勉强维系。于是，1933 年 12 月 5 日，一艘渡轮将要驶入南京的时候，甲板上朱湘扔掉了酒瓶和一卷诗集，纵身跳进长江。这似乎不像一个诗人的死——那卷诗集只是一个不值钱的旧物，三等舱的船票是靠亲戚接济买的，那瓶酒是靠妻子打零工的钱买的。

也许只有诗人才能理解诗人，当时对于朱湘的死，苏雪林极艳丽地说：“生我仿佛看见诗人悬崖撒手之顷，顶上晕着一道金色灿烂的圣者的圆光，有说不出的庄严，说不出的瑰丽。”

也许是这样吧，只是，朱湘的妻子肯定不会这么觉得。她若能诗，或许会想起黄景仁的伤心句子：“十有九人堪白眼，百无一用是书生。莫因诗卷愁成谶，春鸟秋虫自作声。”朱湘若能作答，当亦用黄景仁的句子：“年年此夕费吟呻，儿女灯前窃笑频。汝辈何知吾自悔，枉抛心力作诗人。”

朱湘投了长江，苏雪林却用“悬崖撒手”这个意象来理解他。朱湘喜爱萨福的诗，精心翻译过萨福的诗，所以他最后也许不是对这个世界绝望，而是为了摆脱某种无望的爱（或许正是对诗歌本身的无望的爱）而去冒险寻找自己的新生吧？

好比苹果蜜甜的，高高转红在树杪，
向了天转红——奇怪，摘果的拿她忘掉——
不，是没有摘，到今天才有人去拾到。

好比野生的风信子茂盛在山岭上，
在牧人们往来的脚下她受损受伤，
一直到紫色的花儿在泥土里灭亡。

这是朱湘翻译的萨福，带着新文化运动时期特有的调子。萨福的诗，他译过的极少，似是精挑细选了最合自己心意的来译。他不是为了传播文化——这个帽子对一个诗人来说实在太大，他只是在两千多年前的莎草纸上偶遇了自己心里的话。

只有学者们才会煞费苦心地做出各种推测，有人说这是古希腊的催妆诗，是在婚礼当天由新郎的兄弟们和新娘的姐妹们对唱，那气氛肯定没有朱湘译本里那种刻骨的伤感；也有人说这原本是两首诗，分别咏叹苹果和风信子——原始文献清晰地告诉了我们这一点，朱湘不会不知，但他偏要把它们译在一处，使苹果和风信子的意象交叠并置，使读者弥散出更多亦更错落的联想。这是意象派特有的手法，在那时候的新月诗派里，大约只有朱湘一个人窥到了此中门径。矜持的红苹果和萎谢的风信子，它们似乎是同一样东西，一定是某一个灵魂，从高洁得无人触及的树梢跌落到牧人的脚下，跌落到泥土的浊浪里；那份高傲一旦落到地上，你就会悲哀地发现，它其实经不起哪怕一丁点儿现实世界里的尘埃，就像被剥光了最后一件单衣的人赤身露体地在荒原上向着地平线狂奔。

4

少女弗兰妮是躲在喧闹的寝室里给男友赖恩写情书的，她和他讨论诗歌，完全没有一点矫情的样子："我太喜欢你的信，尤其是关于艾略特的那部分。我觉得自己除了萨福外，越来越看不上所有别的诗人。我读萨福读得发疯，求你别笑话我。我甚至可能期末文章就写她了，如果我决定要做好学生的话，而且得他们指定给我们的那个白痴老师点头同意。'温柔的阿多尼斯快死了，西塞瑞，我们怎么办？捶打你们的胸部吧，姑娘们，撕裂你们的衣裙吧。'棒极了吧？萨福自己就是那么干的。"

这是塞林格的小说《弗兰妮与祖伊》里的情节。在《麦田里的守望者》之后，塞林格还写过格拉斯一家的故事，弗兰妮就是这一家七个孩子当中的小妹妹。她聪明、敏感、热烈，像弗兰妮这样的女孩子，天然就应该"读萨福读得发疯"。弗兰妮是塞林格的理想，萨福是他从远古的海洋里打捞出来的宝藏，这份宝藏会给这个一口市民腔的世界带来一套美丽的新秩序——至少塞林格本人是这样相信的。

萨福的诗，被弗兰妮抄录给赖恩

的那首，那种放肆的、不加掩饰的哀伤，捶胸顿足，撕裂衣裙，全不是文明社会所喜的东西。但弗兰妮偏偏认为这样的诗句“棒极了”，究竟有几个人会与她生出同感呢？

小说的中译者或许没读出诗句当中的掌故，“阿多尼斯”其实就是美少年阿

［英］约翰·威廉·沃特豪斯《唤醒阿多尼斯》（The Awakening of Adonis, John William Waterhouse, 1900）。

［英］劳伦斯·阿尔玛–塔德玛《最爱的诗人》（The Favorite Poet, Lawrence Alma-Tadema, 1888）。画面描绘的是古罗马的贵妇生活，她们读的诗卷不是书本，而是长长的册页。有人问画家，所谓“最爱的诗人”究竟是谁，册页上让那白衣女子读得入迷的诗歌究竟是谁的作品，画家不以为然地回答：“当然是萨福，难道还能是其他人吗？”

多尼斯（Adonis），这个词在今天的英语里仍然代指俊美的少年。传说爱神阿佛洛狄忒爱上了美少年阿多尼斯，这不免引来了夫君阿瑞斯（希腊神话中的战神）的忌恨。阿瑞斯派出一头凶残的野猪，趁阿多尼斯不备咬伤了他的大腿。当阿佛洛狄忒慌忙赶到时，阿多尼斯已经因为失血过多而濒于死亡。阿佛洛狄忒伤心欲绝，但只能眼睁睁地看着恋人血流不止，看着那流淌的血水中竟然长出了娇艳的银莲花来。她去哀求主神宙斯，求宙斯施展神力使她的恋人复活。宙斯哀怜她的伤痛，便命令冥后将阿多尼斯从冥界放还人间。冥后必须照宙斯的意思放阿多尼斯回到人间，但没想到的是，连她自己也不可救药地爱上了阿多尼斯的俊美，便每年只放还他六个月的时间，另外的六个月要他在冥界陪着自己度过。

神话学家把这个故事阐释为季节的隐喻，是古希腊人对春花秋月一岁一枯荣的另类叙说。而在宗教学家那里，阿多尼斯的复活甚至还被考证为基督教复活节（Easter）的真正源头。但是，毫无学术素养的萨福只是阿佛洛狄忒女神的祭司罢了，或者只是一名侍女、一个奴仆，她必然是在祭祀的乐舞带来的狂迷中与她的女神合为一体，感受着神的哀伤，流下神的眼泪。

西塞瑞，她也是萨福的女弟子之一。那时候萨福一定是六神无主，虚弱地望向她的女弟子们，除了一起捶打胸膛、撕裂衣裳，再没有任何方式或语言可以倾泻那些连女神都无力承受的爱与哀愁。

奥斯卡·王尔德曾以沃特豪斯的这幅画面做过一则饱含诗意的比喻，来描述诗人与诗歌："当我们的生活不够完美时，为了我们的愉悦，诗人的荆冠将开出玫瑰，诗人的失望将把痛苦镀上金，就像阿多尼斯那样，痛苦将在煎熬中变成美丽；当诗人伤心时，他的心将迸裂出美妙的乐曲。"

赖恩，这位名校文学系的高才生，在他高谈阔论的背后其实对弗兰妮心中的萨福一无所知。当然，他可以细致入微地条分缕析，这套本领向来都能帮他拿到全A的成绩，但弗兰妮突然厌烦了，说赖恩说话的样子像个部门人员："我不知道在你们这边部门人员是怎么说话的，但是我们那地方，教授不在的时候，或者精神出问题或者去看牙医的时候，就会有一个部门人员过来代课。通常是个研究生之类的。总之，如果是一堂——比方说——俄罗斯文学课吧，他就会走进来，衬衣纽扣个个扣紧，还打了条领带，然后他就会把屠格涅夫讲上半个小时。接着，等他说完了，也就是等他把屠格涅夫糟蹋尽了，他就开始讲司汤达或者他在硕士论文里写的其他什么作家。我上的那个大学的英文系大约有十个这样的部门人员，他们跑来跑去，净糟蹋东西了。”

说真的，我对弗兰妮有一种难以言喻的同情，尤其当赖恩提及两位他很欣赏的诗人而弗兰妮即刻反驳的时候。弗兰妮说得有些激愤：“他们不是诗人，这是糟糕的部分原因。我是说他们不是真正的诗人。他们不过是写诗的人，然后可以到处发表出版诗集罢了。”

一场原本兴冲冲的约会就这样，被不投机的话给彻底毁掉：弗兰妮借故走开，躲在盥洗室里，将门反锁，像胎儿那样蜷缩着坐在地上，号啕大哭，用了整整五分钟的时间。这不免令人想起一开始的时候她在情书里抄录给赖恩的那首诗，萨福的诗，一个真正的诗人的诗：“温柔的阿多尼斯快死了，西塞瑞，我们怎么办？捶打你们的胸部吧，姑娘们，撕裂你们的衣裙吧。”塞林格的文学手法在这里巧妙地发生了作用，如果你能像一位维多利亚时期的少女以淑女特有的慢条斯理消化掉这个故事，你一定会懂得萨福与弗兰妮共同的悲哭。哭声，是人类最原始的语言。

古罗马的大作家塞内加在写给朋友的一封信里谈道：“语法学家狄第慕斯写了四千部书。就算他只是读了这么多没用的书，我都会可怜他。在有些书里，他探索荷马的出生地；在另外的书里，他研究伊尼斯的母亲是谁，阿纳克瑞翁到底更爱美色还是更爱美酒，萨福究竟是不是妓女，以及其他诸如此类就算知道了也应该立刻忘记的问题，而人们居然还抱怨人生苦短！”

［英］弗雷德里克·莱顿《牧歌》(Idyll, Lord Frederic Leighton, 1881)。若我编一部萨福的诗集，必定选这幅画来做封面。笛声里几行倦怠的诗，立刻柔软了天空与大地，以及流浪于远方的心。

或许在塞林格看来，狄第慕斯和赖恩的样子正是这个世界“实际的”样子，萨福和弗兰妮的样子则是这个世界“应该的”样子。他简直成了一位“耽于”萨福的作家了，甚至直接把萨福的诗句用作自己小说的标题（那本《抬高房梁，木匠们》，*Raise High the Roof Beam, Carpenters*）。萨福的诗句已经是他的社会乌托邦了，若这个乌托邦真的实现，麦田里便不再需要任何守望者了。

没有任何凭据，但我始终相信，这就是塞林格的深意。

并非武断，是萨福使我如此相信。

【在时光深处遇见】

欧里庇得斯

（Euripides，485B.C.—406B.C.）

/

/

/

希腊剧作家，与埃斯库罗斯、索福克勒斯并称为希腊三大悲剧大师。欧里庇得斯的思想远远超过他所处的时代：他怀疑天神，反对压迫奴隶，呼吁改变女性在婚姻中被侮辱与被损害的处境，坚持男女平等，坚持法律面前人人平等……现代人可以试想一下，在科学之光下依然笃信宙斯与赫拉有多么令人惊诧，那欧里庇得斯就有多么令古希腊惊诧。他那些如今看来十分寻常的思想总让我想到星辰：现在照耀我们的星光，也许是数百上千年前发出的；同样的，欧里庇得斯在古希腊蔚蓝的海岸，便已发出了照耀两千四百年后的光。而此刻，在我们身旁，有没有人正在发出照耀几千年以后的光，却不为我们所知？

03 残酷的诗与邪恶的诗

伊阿宋："为什么你竟会加害自己的亲生骨肉！"

美狄亚："因为只有这样才能让你伤心。"

——［古希腊］欧里庇得斯《美狄亚》

1

我在年少时很喜欢一位女神。不仅仅是喜欢，说崇拜更贴切些。但你可能从未听说过她的名字，因为她只不过是众多的尼芙女神（Nymph）之一，而尼芙女神则是全部奥林匹斯神话系统中位阶最低的神祇。她，就是水泽女神戴奥比（Dryope）。是否难以想象，任何一个有自尊心的女孩子怎么会选择如此不起眼的神来作为自己的偶像?

而当时的我，才不管神话系统中戴奥比所处的层阶是多么低下——我沉迷在戴奥比的一则故事中，在很长一段时间里无法自拔。这个故事非常简单，甚至简单到了乏味的程度：那是《阿尔戈英雄传》当中的一个小小插曲，当时伊阿宋王子走遍希腊各大城邦，号召英雄们远征海外，夺取传说中的金羊毛，希腊最伟大的英雄赫拉克勒斯（Hercules）带着养子许拉斯（Hylas），这位全希腊最俊美的少年，也和大家一起搭上阿尔戈大船，踏上了这一伟大的征程。

在一次停船泊岸的时候，许拉斯一个人去泉边打水。水泽里的尼芙女神们几乎被这个少年的俊美惊呆了，舍不得放他离开。正当大家都羞怯地不知该做什么才好的时候，大胆的戴奥比悄悄向少年伸出了手臂，悄无声息地将他拖入水中。釉彩般光洁平滑的水面被扰乱，戴奥比扭动腰肢，一个转身，带着美少年永远消失在蔚蓝色的涟漪之下。

希腊英雄们再也找不到美少年许拉斯了，赫拉克勒斯发疯一般地在林间水泽，在所有尼芙女神统治的地界狂呼着、搜索着，而阿尔戈大船等不及他的归来便扬帆起航了。有人说，倘若赫拉克勒斯还在的话，远征的结局将会截然不同。那么，究竟是谁真正左右了这场远征的结局呢？难道不是那个卑微得几乎在仙籍里被所有人忘记的戴奥比吗？

读这个故事的时候，我正对某人怀着一种殷切的希冀，但又因为某些道不明的心理，我反而对他愈发冷淡。心所渴求的，恰恰又为心所禁止，爱慕和自尊激烈地交战，我的表现懦弱而可笑。所以，我才崇拜戴奥比吧？这个小妖精身上，有我所没有的果敢。

［英］约翰·威廉·沃特豪斯《许拉斯与尼芙女神》（Hylas and the Nymphs, John William Waterhouse, 1896）。画面上拉住许拉斯手臂、欲将他拖下水底的那个女子就是戴奥比。这个故事，其实就是《加勒比海盗》第四部中美人鱼传说的原型之一；而传说的另一个原型，便是塞壬女妖（Siren）的故事，我们很快就会遇到。

2

我喜欢，却又不敢坦率地喜欢戴奥比，因为私下里认为那是坏女孩的专利，经典的爱情从来都是属于珀涅罗普（Penelope）的，两千年来一成不变。

珀涅罗普是尤利西斯（Ulysses，又名奥德修斯）的妻子，是一位美丽而忠贞的王后。在伟大的荷马史诗里，尤利西斯随着希腊联军远征特洛伊，在十年苦战之后终于可以凯旋，然而愤怒的诸神绝不肯让他一帆风顺，设置了无数的险阻，将他阻隔在茫茫大海上又一个十年。这二十年先后过去了，珀涅罗普的美丽丝毫没有改变。除了她不肯老去的容颜，同样固执的，还有她等待丈夫归来的心。他们的孩子已经长大成人，各地的求婚者们已经纷扰盈门，人人都说尤利西斯早已死去，他们搬出如山的证据，但珀涅罗普只是一味地摇头不语。她的理智其实早已经被他们说服，但她的理智说不服她的心。

珀涅罗普的心是一块坏掉的钟表，永远停留在二十年前被尤利西斯打动的那一秒。

但是，她还能坚持多久呢？当求婚者们放肆地变成了逼婚者的时候，当亲人们都劝说她另嫁他人的时候，珀涅罗普终于妥协了：她要为公公织一匹用作寿衣的布料，以示自己尽到了作为尤利西斯妻子的最后一份责任，然后就会嫁给众位求婚者当中的一个。

人们看到每个属于现实的白天，珀涅罗普都在忙着织布；却看不到每个属于思念的夜晚，珀涅罗普都会悄悄地借着火烛的微光，将白天织好的部分拆毁。就这样织了又拆、拆了又织，希望在耗尽众人的最后一点耐心之前可以等到丈夫归来。今天的英语里仍然保留着这样一句谚语：珀涅罗普的织物（the web of Penelope），意思是“缓兵之计”或“永远完不成的工作”。

世界缤纷，到处都是气球糖果冰激凌，到处都有亮晶晶的眼睛，到处都盛开着花，播放着隽永的旋律……要多美丽，就有多美丽。所以我一直以为，在这样的世界中，等待一个人，比为一个人而死，需要更多的爱和勇气。后者意味着我愿为你放弃整个世界，而前者意味着我愿为你抵抗整个世界，抵抗千千万万汹涌而来的美丽。

［英］约翰·威廉·沃特豪斯《珀涅罗普和求婚者们》（Penelope and the Suitors, John William Waterhouse, 1912）。珀涅罗普背对着殷勤的求婚者们，专心致志地织着她约定的布匹。这画面如同在表现一场战争，攻势与守势形成强烈的反差。追求者愈热烈，愈显出珀涅罗普的决绝。

3

若不是凭着对珀涅罗普的刻骨思念，尤利西斯或许早已死在独眼巨人的肚腹里、海岛女巫的魔法里、塞壬女妖的歌声里，死在一切足以杀死人的险阻里。

当年我读《奥德赛》的诗句，在想象中跟着伟大的英雄一同冒险，最为惊心动魄的桥段莫过于尤利西斯驶过塞壬之岛了。对于当时那个年纪的我来说，这般故事简直与恐怖片无异：

塞壬女妖们无不有着绝美的容颜，却是人首鸟身的怪物，有时会变幻为美人鱼，她们会唱出最凄美的旋律，凡是过往的船只，没有一名水手不会在倾听中失神，不知不觉中把船只驶入暗礁密布的海域。

如果说塞壬其实是天使，你或许会不以为然，然而《以诺书》确实如此讲过。古老的《以诺书》曾经在弥赛亚、地狱和魔鬼学等方面深刻影响过《新约》的教义，早期教父将它奉为正典。书中提到过，异教诸神其实都是犯了罪的天使，塞壬正是他们的女人所化。那么，我们是否可以从塞壬的歌声里捕捉到一点点天使的声音呢？

我总是认为，塞壬分明应当升格为文艺女神，与缪斯并列，因为诗人总是或多或少地属于恶魔一党而不自知。如果蒲柏、华兹华斯这样的诗人理应配享缪斯的话，那么拜伦、雪莱、波德莱尔，甚至于2003年的美国桂冠女诗人露易丝·格吕克，他们的声音与其说发自缪斯的七弦琴，不如说发自塞壬的歌喉。而塞壬女妖，原本也不该染指任何惊悚的意象，因为她们都是为情所困、投海而死的痴情女子。她们之所以刻骨地恨着，是因为她们曾经刻骨地爱着。

当尤利西斯的船只即将驶过塞壬之岛时，富有经验的老水手叮嘱所有人事先要用蜜蜡封住耳朵。但尤利西斯偏偏要挑战自己的神经，他不听任何建议，只是命令水手们把自己紧紧地捆缚在桅杆上，直到驶过塞壬之岛才可以给自己松绑。

就这样，当船只向前行进的时候，塞壬的歌声令尤利西斯如痴如狂。他愤怒地向水手们喊叫着，要他们放开自己，要他们向着歌声的方向驶去。他哀求他们，他威胁他们，说尽了一生中最卑屈的软语，也骂尽了一生中最放肆的粗口，但早已用蜜蜡堵住耳朵的水手们只是一味地划桨，向前，向前，听不到宇宙间所有的惊涛骇浪。

［英］约翰·威廉·沃特豪斯《塞壬》（The Sirens, John William Waterhouse, 1900）。这一幅画中的塞壬像是一股自岩石涌入海底的泉水，清新而温柔。相反，海中的男人一脸狰狞，手臂的动作似要将女妖拖拽入水——这与传说中女妖和渔夫的位置恰好相反。

4

美国女诗人露易丝・格吕克（Louise Glück）曾经把尤利西斯的故事演绎为一个现代的爱情故事：尤利西斯和珀涅罗普变成了芝加哥郊区的一对中产阶级夫妇，尤利西斯出差未归，珀涅罗普在家照管着儿子和猫；塞壬是一个漂亮的女招待，不可救药地与尤利西斯相爱。在这样一个怪诞的组诗当中，每个角色都在倾诉自己的故事，申明自己的立场。正如珀涅罗普勇敢地守护着自己的婚姻，塞壬也勇敢地毁掉情人的婚姻。这样一首塞壬的歌，哀怨而残酷，刺耳而悲戚。歌声中那冷冷的理性，早已不是"属于魔鬼一党而不自知"，分明从一开始便有了自知的觉悟，这才是歌声中最刺耳的音符。初读这首诗，我竟然不寒而栗。这就是《塞壬》（Siren），是塞壬在当代世界的不灭歌声：

我曾是一名女招待，
而当我爱上了你，我就变成了一名罪犯。

我不想陪你去芝加哥。
我想过嫁给你，想过
折磨你的妻子。

我想过把她的生活变成一出悲剧，
剧中的每一幕都有悲无喜。

这的确不是一个好人该有的想法，

但我理应获得回报，为了我的勇气——

我呆坐在你家门廊的阴影里，
所有问题都变得如此清晰：
若你的妻子不放你走，
那就证明她并不爱你；
若她真的爱你，
为什么不想让你开心？

此刻，我想着
若我不那么多情、善感，
或许我会成为别人眼中的好人。
我曾是一名称职的女招待，
一次端得起八只杯子。

我曾讲给你那些我做过的梦，
而在昨夜的梦里，我看见一个女人坐在一辆黑暗的公交车里，
在她的哭泣声中，车子渐行渐远。
她挥着一只手像在和谁道别，另一只手
抚摸着一只盛满婴儿的蛋托。

这个梦救不了那个女孩子。

Siren

I became a criminal when I fell in love.
Before that I was a waitress.

I didn't want to go to Chicago with you.
I wanted to marry you, I wanted
Your wife to suffer.

I wanted her life to be like a play
In which all the parts are sad parts.

Does a good person
Think this way? I deserve

Credit for my courage—

I sat in the dark on your front porch.
Everything was clear to me:
If your wife wouldn't let you go
That proved she didn't love you.
If she loved you
Wouldn't she want you to be happy?

I think now
If I felt less I would be
A better person. I was
A good waitress.
I could carry eight drinks.

I used to tell you my dreams.
Last night I saw a woman sitting in a dark bus—
In the dream, she's weeping, the bus she's on
is moving away. With one hand
She's waving; the other strokes
An egg carton full of babies.

The dream doesn't rescue the maiden.

这位“勇敢的”塞壬，其实早已经看到了爱情的结局，看到了自己的结局。诗歌前段占到五分之四的大段篇幅，那些让人们对塞壬产生恶念的篇幅，那些凸显塞壬的冷静与坚强的篇幅，只是为了给最后的那个梦做足铺垫罢了。

是的，她足够聪明，有足够的预见力，她分明晓得若这样下去，自己就是那个抱着没有父亲的婴儿黯然离去的女人，在黑暗里得不到光明的任何同情。但是，这个梦救不了她，她的聪明、理性、预见，这一切都救不了她。她不能不爱他，正如他不能不放弃她。

［英］弗雷德里克·莱顿《渔夫与塞壬》（The Fisherman and the Siren, Frederic Leighton, 1856—1858）。猛然看去，这又是一个许拉斯与尼芙的故事，只有画面下方塞壬隐隐露出的不知是鱼尾，还是蛇尾为温存蒙上了一丝惊悸，并带上些许交媾的暗示。

［奥地利］古斯塔夫·韦特莫尔《塞壬之吻》（Gustav Wertheimer, The Kiss of the Siren, 1898）。在这幅画中，塞壬的形象被混同于尼芙女神。而这个塞壬，并没有用悠扬的歌声进行诱惑，而是用吻来攫住少年的魂魄。塞壬金色的长发在湛蓝的海洋中飘荡，就像炽热的阳光融化于一层层波浪，强烈的色泽对比使人几乎“能”直接触摸到那片海水：锋利的质感，无边的冰凉。

［英］但丁·罗塞蒂《海魅》（A Sea Spell, Dante Gabriel Rossetti, 1877）。但丁·罗塞蒂笔下的塞壬女妖纯然是美，除美之外更无其他。

5

也许，尤利西斯舍得下任何一个女人。让我们来看一首站在男性视角的诗，丁尼生的《尤利西斯》（*Ulysses*）。丁尼生写的是《奥德赛》之后的故事，那时候，尤利西斯已经在十年的磨难后回到了家，和儿子一起杀掉了所有向珀涅罗普求婚的人。按照我们普通人的想法，这一家人总该可以享受下半生的宁静与平安了——正如珀涅罗普在独自等待时所期望的那样。但是，伟大的英雄尤利西斯，很快就对平淡的家庭生活感到厌倦，他再不能忍受“当个无所作为的国王，傍着幽幽的炉火，陪着年老的妻子，对蛮族施行不公的法律，而百姓只晓得吃喝和收藏，没有人理解他们的国王”。于是，尤利西斯一心收拾旧部，自我放逐到辽远的海上，挑战生死未卜的全新难题：

海岬的巉岩上闪烁起人间的灯火，
熄灭了倦怠的白昼，召唤出轻盈的月神，
正如海洋在召唤我们：
来吧，朋友们，出海寻访新的世界，
让我们撑船离岸，
用不灭的桨声无畏地回应海神；
因为我誓要驶过日落的海域，
亲眼去看海的尽头如何飘落下漫天的星辰……

The lights begin to twinkle from the rocks;
The long day wanes; the slow moon climbs; the deep
Moans round with many voices. Come, my friends.
'T is not too late to seek a newer world.
Push off, and sitting well in order smite
The sounding furrows; for my purpose holds
To sail beyond the sunset, and the baths
Of all the western stars, until I die.

这是丁尼生的独白体诗歌《尤利西斯》中最激动人心的句子，不禁令人怀疑，之前那海上十年的跌宕，于他而言究竟是不是一种磨难？或许那十年的磨难其实只属于等在家中永不言悔的妻子？而那些自诩聪慧的神祇，他们究竟惩罚了谁？

珀涅罗普，二十年的守候究竟值不值得？没有人问过她这个问题。若尤利西斯是一个只晓得求田问舍的小男人，珀涅罗普也许不会对他如此倾心；若尤利西斯是一个雄心寄于四海的大丈夫，珀涅罗普可又受得起经年的寂寞与冷落？这便是珀涅罗普的两难，也是许多像珀涅罗普一样的女子的两难。

珀涅罗普，二十年的守候究竟值不值得？没有人问过她这个问题。若问她，我猜她的答案是值得。不管最后尤利西斯去了哪里，至少那七千三百多个黎明，她皆是怀着胀鼓鼓的希望从睡梦中苏醒过来，希望觑见开满鲜花的窗台上，投着尤利西斯明亮而辽远的帆影。

［俄］维克多·卡尔洛维奇·施特姆伯格《海边的塞壬》(Sirens by the Sea,Victor Karlovich Shtemberg, 1910)。海浪与长发飘拂的方向，暗示着塞壬的歌声已被风吹到远方的船上，而那高扬的秀美手臂，彻底瓦解了夜航的勇士们最后的坚强。令人不由得将达林顿爵士(王尔德《温德米尔夫人的扇子》剧中的一个角色)的那句戏谑当真：“我实在按捺不住啊！除了诱惑，我什么都能抵挡。”

6

有时我会假设：若塞壬当真俘获了尤利西斯的心，珀涅罗普该会有怎样的反应呢？

这时，我总会想起另一个故事。当许拉斯失陷于尼芙女神的温柔怀抱之后，伊阿宋王子带着众英雄乘着阿尔戈大船继续远征。在收藏金羊毛的科奇斯岛上，又一个爱情故事发生了：美狄亚公主爱上了伊阿宋，为了他而背叛了父王。她敢爱敢恨，一旦爱上了谁，便甘愿为他奉献和牺牲一切。

伊阿宋在美狄亚的帮助下，完成了那个不可能的任务——取回了金羊毛。但危险并没有结束，为了拦阻追兵，美狄亚杀死了自己的哥哥，还将哥哥的尸体切碎，抛撒在山坡上，逼迫父亲不得不把所有的兵力用于收尸，为自己和伊阿宋的离开争取了足够的时间。

一回到希腊，作为伊阿宋尚未正名的新婚妻子，美狄亚再次施展计谋和法术，杀死了伊阿宋的叔叔，那个卑鄙的篡位者，帮助丈夫夺回了王位。

美狄亚为丈夫赢得了一切。只要他欢喜，她也欢喜，觉着自己的法术终于有了恰当的用武之地。无往不胜的她，却在不经意间失掉了一件最重要的东西，那便是丈夫的爱。伊阿宋先是崇拜，逐渐转为害怕，害怕起这个拥有顶尖法术的女人来，虽然她还是那么美艳而缠绵，虽然她已经为他生下两个儿子。每一夜，背对着皎洁的月光，伊阿宋难以成眠。他怕她的爱，也怕她的不爱。接着，毫无征兆地，他背叛了她。

美狄亚无路可走，她早已为他背叛了所有人。在欧里庇得斯的诗剧《美狄亚》里，女主角这样对伊阿宋说："我现在往哪里去呢？到底是回到我父亲家里，回到故乡呢——我原是为了你的缘故，才抛弃了我父亲的家——还是去到珀利阿斯

［英］伊芙琳·摩根《美狄亚》(Medea, Evelyn de Morgan, Unknown Date)。这是我所见过的美狄亚最美丽的形象，或许是伊芙琳这位敏感的女画家对命途多舛的美狄亚怀有某种特殊的同情吧。画面中的美狄亚孤身一人，手里提着小小的药瓶，将要背叛自己的父兄与国家，帮助一见钟情的伊阿宋赢得胜利。当了解美狄亚的一生之后，再来回顾这个小小的过场，谁说得清这究竟是无畏的炽爱，还是无谓的荒唐呢？

的可怜女儿的家里？我害死了她们的父亲，她们哪会不热烈地接待我住在她们家里？事情是这样的：我家里的亲人全都恨我；至于那些我不应该伤害的人，也为了你的缘故，变成了我的仇人。”（罗念生译）

只要你看到过一个女人如何为爱牺牲，就能够想象出她将会如何为爱复仇。美狄亚用一件浸毒的婚纱杀死了伊阿宋即将正式迎娶的新欢，又用剑亲手刺死了自己为伊阿宋生下的两个儿子。她爱他们，和每一位满怀柔情的母亲一样，但孩子们的哭号和躲避却不曾软化她的杀意。然后，当伊阿宋几近疯癫地质问她为何要这样对待自己的亲生骨肉时，她回答说：“因为只有这样才能让你伤心。”

我再没有读过一行比这更冰冷的诗句。

［法］欧仁·德拉克洛瓦《美狄亚杀子》（Medea about to Kill Her Children, Eugène Delacroix, 1838）。

【在时光深处遇见】

爱伦·坡

（Edgar Allan Poe，1809—1849）

/

/

/

美国诗人、文学评论家，侦探小说、恐怖小说、科幻小说之父，象征主义先驱者。爱伦·坡一生潦倒困窘，作品却唯美精致，因文字过于雕琢，常被人诟病“做作”、“笔锋太苦”。大体上，作家分为两类，一类反映现实，一类反抗现实；后者往往比前者需要更大的勇气与决心。当坡先生躺在现实世界的稻草之上，没有面包，没有煤气，除了一位疯太太，一无所有时，他没有絮絮叨叨生活的苦，而是进行了唯一的与最后的反抗——他笔下的一切，要多美，就有多美。美到如果让我选择，我宁要爱伦·坡虚构的坟墓与诅咒，也不要现实中的阳光与蜜糖。

04 月亮以上的爱情与第五元素：爱伦·坡和他的诗（Ⅰ）

是不是你把水中的仙女逐出了湍流，

还赶走了草地上的精灵和我在罗望子树下的梦？

——［美］爱伦·坡《十四行诗·致科学》

1

大三那年，学校里流行过一部科幻电影，叫做《第五元素》。

直至全剧终，我也没弄清什么是第五元素，对电影也未留下深刻印象，但与电影相关的两场讲座，却令我铭记至今。两场讲座，一场由电影学院的老师主讲；另一场令人颇感意外，竟是由哲学系的老师主讲的。

通过那场哲学讲座我才知道，原来“第五元素”是一个古老的哲学概念，可以一直追溯到亚里士多德的身上，而这个词对应的英文单词竟然是quintessence，真好，顺便还解决了一个英语问题。而跨学科的这样一次牵连辗转，使我当时有一种小小的豁然贯通的感觉。

那场讲座之后，我不可遏止地想要了解亚里士多德更多，于是特意到图书馆翻找与他相关的资料。资料纷繁，令人望而生畏。我决定，就在图书馆之海里冒一次险吧。所幸，我的冒险是值得的，那些古老的哲学简直太可爱了，根本不像康德、黑格尔那样令人生畏。

当真开卷有益，才读到亚里士多德的《论天》，就解决了英语上的一个问题。为什么表示两个的“都”要用 both，而表示三个和三个以上的“都”要用 all，这竟然是一个哲学问题。古希腊的毕达哥拉斯学派认为，一维是线，二维是面，三维是体，所以三维就是宇宙的全部了，并且宇宙以及其中的一切事物都是由“3”这个数字规定的，起始、中间和终点这“三者”包含了一切的数。所以，亚里士多德讲，对于两个事物或两个人，我们称为“两者都”，而不说“全部都”，只有对三个和三个以上，我们才说“全部都”。

那些古老的哲学问题一个比一个有趣，后来我还读到，亚里士多德相信地球是整个宇宙的中心，外面包裹着一层层的天球，日月星辰各自附着在不同的天球上，随着天球在圆形的轨道上运行。月亮以下的世界是由土、水、火、风这四种元素构成的，有生有灭，只会做低级的直线运动，而月亮以上的世界是由第五元素构成的，永恒不灭，并且做着高贵的圆周运动，一个诗一般的世界。2010 年公映的电影《最后的风之子》，总有人说那是引入了中国的五行观念，殊不知，这本来就是西方长久以来的哲学传统。

当然，早已没人相信亚里士多德那个美丽而虚幻的宇宙，根本没有什么第五元素，地球在宇宙中的地位也越来越微不足道，更别提地球上的渺小人类。科学史上称这是科学的进步，连哲学也已放弃了对这些问题的研究，现代哲学的重点是数理逻辑，沿着罗素和维特根斯坦开辟的方向。

但我不这么想，也许，只有我还不这么想。我迷恋古希腊哲人的神秘宇宙，相信那是人类的想象力所能达到的完美世界，是一个诗意的所在，充满着谬误的理性之美。“我爱真理，更爱其谬误”，我深切理解这句话的含义。

所以我喜欢爱伦·坡，他和我一样憎恨着现代学术的祛魅力量，坚决不肯让那个古老的神秘世界从我们的心里被彻底抹去。他正是一个本雅明所谓的“发达资本主义时代的抒情诗人”，生于错误的时代，陨落于时代的错误。

[英]约翰·威廉·沃特豪斯《被施了魔法的花园》(The Enchanted Garden, John William Waterhouse, 1916)。这是沃特豪斯晚期一幅未完成的作品。左侧的立柱，划出花园与魔法的疆域。花园以外，白雪纷扬；花园以内，潋滟春光。在那个遥远的世纪，物质匮乏，科技落后，人类的享受屈指可数，但我以为他们过得并不比现代人差。祛魅以后的现代世界，苦痛之中谁还相信会突然降临幸福的魔法？而在那愚昧的时代，即使身处凛冽寒风之中，也可以真心期许一个春天的童话。

2

埃德加·爱伦·坡（Edgar Allan Poe）写过一首题献给“科学”的十四行诗，这个形式本身就饱含冲突。十四行诗是一种非常传统的格律诗体，在彼特拉克和莎士比亚手上曾经红极一时，它在英语诗歌当中的地位有点像七律在中国诗歌当中的地位，对诗律有着近乎苛刻的要求，并且，属于古代。

所以，以十四行诗，而不是自由诗来题献“科学”，这本身就表达了一种态度。

十四行诗：致科学

科学，你是古典时代的忠实女儿，
以敏锐的目光改变了一切。
你这兀鹫，张着乏味的、现实的翅膀，
在诗人的心里掠食所有。

当你拦阻了诗人的飞行，
他该如何爱你，如何认可你的智巧？
尽管他也张开无畏的翼，
却如何还能飞上天穹寻宝？

难道不是你把月神戴安娜拉下了马车，
还把那与所居之树同生共死的树神
赶出了丛林？是不是你

把水中的仙女逐出了湍流，

还赶走了草地上的精灵
和我在罗望子树下的梦？

Sonnet-To Science

Science, true daughter of Old Time thou art!
Who alterest all things with thy peering eyes.
Why preyest thou thus upon the poet's heart,
Vulture, whose wings are dull realities.

How should he love thee, or how deem thee wise,
Who wouldst not leave him in his wandering
To seek for treasure in the jewelled skies,
Albeit he soared with an undaunted wing?

Hast thou not dragged Diana from her car
And driven the Hamadryad from the wood
To seek a shelter in some happier star?
Hast thou not torn the Naiad from her flood.

The Elfin from the green grass, and from me,
The summer dream beneath the tamarind tree?

这首诗特意采用古典的形式，甚至连用词都多用古代的英语（记得这还是我第一次在 GRE 单词表之外见到 albeit 这个词），仿佛是一位比莎士比亚还老的古人无限缅怀阿卡迪亚的牧歌时代。

柏拉图在《伊安篇》里把诗人和巫师划为一类。这话没错，神话本就是与诗歌同源的，所以，当我们进入一个祛魅的世界，随着神话的日渐死亡，诗人也就越来越寻不到自己的归宿了。

所以总会有人不甘地去寻觅新的神话，如道出了“上帝已死”的尼采终于在瓦格纳的歌剧里发现了悲剧神话的复生，但复生之后的身体还能如以前一般强健吗?

科学看上去正是诗人和巫师们的死敌，它是神话世界最无情的祛魅者。爱伦·坡可也在担忧着这些吗?

事实上，爱伦·坡所担忧的绝不是科学本身——要知道他是一个聪明绝顶的人，是推理文学的鼻祖，是柯南·道尔的偶像，他笔下的侦探杜宾是福尔摩斯的原型，他缜密的思辨能力远不是其他诗人所能企及的；他不是那种感性得过火的人，他甚至厌恶这种人，他从来都不喜欢那种流行的慷慨激昂的演说体和汹涌澎湃的情感颂歌。他并不憎恶科学本身，而是憎恶由现代科学所标榜的近乎疯癫的物质文明。他徒劳地想要留住古典的牧歌和古典的爱情——那种仅仅存在于古希腊和古罗马的无玷的精神恋爱，愿自己像一个由第五元素构成的生灵，以挚爱的女子为圆心，终生围绕着她，依着第五元素的高贵天性划动自己的圆弧：永远围绕，从不聚合。

真的有过这样一个女人，斯丹娜夫人，她是爱伦·坡一个中学同学的母亲。少年爱伦·坡就是在这个同学的家里初见了她，他看到的不是美，而是美的震慑。

［英］约翰·威廉·沃特豪斯《水泽仙女》(A Naiad, John William Waterhouse, 1893)。爱伦·坡诗句“是不是你把水中的仙女逐出了湍流”(Hast thou not torn the Naiad from her flood)当中的Naiad就是希腊神话里的水泽仙女，凡是有水泽的地方就有她们的存在，人类时常会与她们不期而遇。沃特豪斯在画中表现的就是一位水泽仙女悄悄登上岸，屏息窥视在岸边熟睡的美少年。画面的色泽是铁锈一般的红夹杂铜锈一般的绿，如一件古董让人缅怀文明的陈迹。

3

我第一次读到爱伦·坡的《致海伦》同样感到美的震慑，那是在《剑桥艺术史》第一卷的扉页上。因为这首诗，我买下了那一整套书：

海伦，我视你的美貌
如昔日尼西的小船
于芬芳的海上轻轻漂泛，
疲乏劳累的游子，
转舵驶向故乡的岸。

久经海上风浪，惯于浪迹天涯，
海伦，你那艳丽的面容，你那紫蓝的秀发，
你那仙女般的风采令我深信
光荣属于希腊，
伟大属于罗马。

这首诗赫然耸立在《剑桥艺术史》第一卷的扉页，那一卷的主题是“希腊和罗马·中世纪·文艺复兴”，这显然令人相信诗中的海伦象征着希腊的艺术，而结尾两句“光荣属于希腊，伟大属于罗马”读起来是多么荡气回肠，可以给人当梦的枕头。

后来我四处搜求诗的原文，才发现自己当初理解错了，这竟然是爱伦·坡少年时代的一首情诗。爱伦·坡也是个以诗名世的天才，但他最著名也最震撼的一首诗竟然写于中学时代！

学者们说，爱伦·坡一向有精雕细琢的习惯，对任何作品都会一改再改，而且无论经过了多少年，他还总是会转回头去修改那些已经被改过无数遍的句子。这对版本学家来说实在是致命的，而对于迷恋他的文字的人来说，这就意味着再也读不到《致海伦》最原始的版本了。我相信，一个小男生的全部灵魂会被某位贵妇在一瞥间轻易夺走，但很难相信一个小小的中学生就磨砺出了如此炉火纯青的诗艺。

《致海伦》正式发表于1831年，爱伦·坡22岁，他回忆这首诗写的是“我热情激昂的少年时代第一次纯粹的理想之爱”。这首诗总共有三个诗节，《剑桥艺术史》未录最后一节：

啊，在那璀璨的窗龛，
我见你站立如雕像，
手持玛瑙的灯盏。
塞姬啊，你来自圣地，
而非凡间。

读爱伦·坡的原文，心里总是有些纠结，因为发现了最摄人心魄的“光荣属于希腊，伟大属于罗马”实在是译者过度地发挥了，然而若直接译作“你风信子一般的头发，你古典的面容，你水中仙子的模样把我带回了家，带回了希腊的光荣和罗马的辉煌”，这就大大减弱了原文的气韵，这真令人左右为难。并且，“带我回家”（brought me home）在原文是一个双关语，还有“使我领悟”的意思，这实在无法在译文中兼顾。作为19世纪以来最精于诗律的诗人，爱伦·坡的诗歌之美还是让我们在原文中感受吧：

To Helen

Helen, thy beauty is to me
Like those Nicèan barks of yore,
That gently, o'er a perfumed sea,
The weary, way-worn wanderer bore
To his own native shore.

On desperate seas long wont to roam,
The hyacinth hair, thy classic face,
Thy Naiad airs have brought me home
To the glory that was Greece,
And the grandeur that was Rome.

Lo! in yon brilliant window-niche
How statue-like I see thee stand,
The agate lamp within thy hand.!
Ah, Psyche, from the regions which
Are Holy-Land!

在少年爱伦·坡的眼里，斯丹娜夫人的美不是凡间女子的美，而是古希腊女神雕塑般的美；不撩拨人的欲望，却慑服人的灵魂。他在她面前张口结舌，仿佛嗫嚅的任何声音都会亵渎她的圣洁。他用了希腊和罗马这两个最古老也最辉煌的文明来衬托她，他相信这是唯一配得上她的背景色调，他令她的世界失真，她令他的世界失声。

批评家们曾经对这首诗作出相当奇异的解读，尤其是玛丽·波拿巴，这位弗洛伊德的女弟子，把海伦的形象乃至爱伦·坡的所有作品都解释为俄狄浦斯情结的表现。幸好今天即便在专业圈以外，精神分析理论也渐渐失去人们的信任了，否则的话，爱伦·坡那种远观而非亵玩的纯美也要打上恼人的性冲动的烙印。

爱伦·坡在诗里称斯丹娜夫人为海伦，那是希腊最美的女子，为了她，希腊联军进行了整整十年的特洛伊战争。作为世界上最美的女人，海伦的美是无法言说的，而荷马在他的史诗里这样描写海伦之美：在特洛伊战争结束之后，希腊的长老们商议着如何处置海伦，是把她送回她丈夫那里，还是把她作为战犯处死。正在争议不决的时候，海伦被带了进来，刹那间，从没有见过海伦的长老们全都惊呆了，他们说，为了这么美丽的女人，再打十年仗也值得。

于是自荷马之后，海伦这个名字成了一个举足轻重的文化符号，象征着凡人对美所能达到的最高想象。甚至那些衷心迷恋海伦的人还认为荷马亵渎了海伦，譬如古希腊的著名“智者”高尔吉亚写有一篇音律铿锵的《海伦颂》，如金牌律师一般周详地为海伦辩护：“一个说真话的人应该驳斥那些责难海伦的人，他们听信诗人和有关她名字的信息，将这名字看作灾难的象征。我希望用我在演说中陈述的理由，抹去对这个女人的诋毁中伤，证明那些谴责她的人是在撒谎……这个演说的主题是这样一位女人，她的德行与血统在男人和女人中间都是卓然而立的。显而易见，她的母亲是丽达，她的父亲是众神之王宙斯，人们相信就是这样。她名义上的父亲是一位叫做廷达里奥斯的凡人。廷达里奥斯是男人中的佼佼者，宙斯则是万物之主。”再有那位古希腊悲剧大师欧里庇得斯，他在《海伦》剧中竟然做了一个极尽奇幻的设计：被特洛伊王子帕里斯拐走的海伦其实只是海伦的一个幻影，真实的海伦在特洛伊战争结束多年之后，在埃及的宫廷与丈夫团聚。

但爱伦·坡绝不会为海伦辩护或掩饰什么，因为，仅仅海伦的美丽本身就使那一切围绕着她的种种誓言与流言变得无足轻重。她就是美的符号。不是每个诗人都胆敢撷取这个符号，但那个天才的少年还不知道应对这个世界怀有任何畏惧。除了美，他不向任何事物屈膝——这一句话，其实就可以囊括爱伦·坡坎坷偃蹇的一生。

他很早就熟稔典雅的英文和丰富的典故，他的诗歌与其说是19世纪的美声，倒不如说是中古时代的骑士誓言。他写着古老的雅言，却被当时的美国文坛视为离经叛道的先锋作家。其实又有什么先锋可言呢，他只不过没有把爱人比作红红的玫瑰，没有用英雄双韵体写一个连篇累牍的恋爱冒险故事，没有用火热的鹅毛笔依次咏叹爱人的眉眼唇齿，他不屑于堆给她千百朵工业化种植的玫瑰，他给了她整个的欧洲文明。

05 月亮以上的爱情与第五元素：爱伦·坡和他的诗（Ⅱ）

久经海上风浪，惯于浪迹天涯，
海伦，你那艳丽的面容，你那紫蓝的秀发，
你那仙女般的风采令我深信
光荣属于希腊，
伟大属于罗马。

——［美］爱伦·坡《致海伦》

1

日本女作家恩田陆回忆自己的少年经历时说："曾和姐姐两个人把脚伸进被炉里，出神地看着电视里的奥黛丽·赫本、阿兰·德龙等明星们惊人的美艳和俊朗，无限感慨。电影结束后，依旧陶醉其中，望望对方那张扁平的面孔，瞅瞅穿在身上的短棉上衣，看看从屋顶下垂挂下来的灯伞，强烈的幻灭之感涌上心头：啊，为什么自己不是一个美国人或者法国人呢？尽管日本被誉为治安最好的国家，尽管日本的技术和经济都是一流的，可是哪一点都宽慰不了自己。这副糟糕的长相、穷酸的气质，已经到了无可救药的地步。”

令人郁闷的是，我自己对此也曾经感同身受。尤其是某次在一家宾馆的大堂里，一个高挑的西方女人坐在我的对面，穿着一袭白色长裙，分明就是一座古希腊的女神雕像活了过来。当她起身的时候，我几乎就要看到一只猫头鹰飞落在她的肩上，但也许是时间还早——“雅典娜的猫头鹰总是在黄昏来临”。

那一刻，我忽然理解为什么古希腊人会如此迷恋自己的身体，以至于还在那么古老的年代就已经把人体艺术发展到登峰造极，并且不是以绘画，而是以雕塑。

是的，一定得是雕塑，因为只有雕塑才能最理想地表达出形体轮廓神秘的“3”，使之达到某种神秘主义的崇高幻境。正是这样的美，令少年爱伦·坡在斯丹娜夫人的身上看到了手持玛瑙烛台的塞姬的雕像——这是《致海伦》的结尾，中国读者会认为这是一个静态的收尾，其实诗人在这里所描绘的却是一幅极具悬念的、令人紧张到窒息的戏剧性画面。

想起丹纳在《艺术哲学》里说古希腊之所以人体艺术发达，是因为地中海一带阳光灿烂，赤身裸体是最适宜的生活方式——这真是一个毫无说服力的解释，看来学术经典亦迷信不得。

那么，塞姬（Psyche）究竟是谁?

我所见过的注本里都仅仅提到她是希腊神话中的一位著名美女，是小爱神丘比特的恋人。那么，这句诗无非是以塞姬指代斯丹娜夫人，至多暗示着诗人自己就是那个常以稚龄面貌出现的年少的爱神。不，如果诗歌的用典仅仅达到这个效果，那么诗歌的作者不过只是个平庸之辈罢了。

爱伦·坡绝不平庸，我读过他所有的诗歌和小说，我了解他那种“语不惊人死不休”的劲头，我了解他从来都是多么煞费苦心地去雕琢某种奇幻的戏剧效果，所以在这样一首至关重要的、寄托着他的少年理想世界的诗的结尾，绝不可能用那种三流诗人惯用的简单指代。

其实只要我们稍稍留心一下，很容易就会注意到，诗句中的意象并不是“塞姬”，而是“手持烛台的塞姬”，这才是关键的奥秘所在，也是真正的爱伦·坡式的诗艺所在。

塞姬，和所有的传说故事一样，是一位美丽的公主。这位公主的烦恼可能是任何女人都无法理解的：她是如此的美丽，以至于每个男人在她面前都会自惭形秽，每个男人一和她接近，就会觉得自己亵渎了她。所以始终没有人向她求婚，正如没有任何一个凡人胆敢向美神求婚一样。

于是，无可奈何的老父亲求得了太阳神阿波罗的神谕，把塞姬装扮成新娘的样子，从一座陡峭的悬崖上抛向大海——没有人愿意这样，但神谕总是不会错的。

没有坠落的声音，也没有飞溅的水花，塞姬发现是风神轻柔地托着自己，然后用摇篮曲一般的风声为她合上了眼睛。

苏醒之后，塞姬看到了一座美丽的宫殿，一个声音诚恳地告诉她，她有权享受这里的一切。于是，她吃了一顿不错的晚餐，听了一场精彩的音乐会，虽然她一直看不见任何一名仆人或一名乐手。然后，当夜幕降临之后——古罗马诗人阿普列乌斯这样吟唱道：“她那匿名的丈夫进来，使她成为自己的妻子，在太阳升起之前匆匆离去。”

就这样，塞姬终于有了自己的婚姻。她在他那不可见的温存里变得慵懒，她认为他一定是个年轻俊美的男子，她每一天都这样感到，却每一天都不曾看到。

塞姬从此就在这个仙境一般的宫殿里过着锦衣玉食的日子，她有疼爱自己的丈夫，有挥之不尽的财富，有璀璨绝伦的珠宝，还有不知多少看不见的仆人把自

［英］爱德华·伯恩-琼斯《塞姬的婚礼》（The Wedding of Psyche, Edward Burne-Jones, 1895）。这是一个忧伤的婚礼，队列中间的新娘塞姬就这样被送进了未卜的命运里。塞姬此时并不知道自己将与小爱神结合，而他们的结合——“塞姬”（Psyche）即“心智、灵魂”，厄洛斯（Eros）则象征着性与生命力——在象征的意义上，正是灵魂与肉体的结合。

己的生活照顾得无微不至。这样的生活，再不会有什么不满足的了吧——男人们直到今天仍然会这么想，因为他们从古到今都不了解女人；而任何一个女人都会一眼看出，每多一分锦衣玉食便平添一分抑郁忧伤。试想，你拥有了所有女人都梦寐以求的一切，却无法在任何人面前炫耀出来，而不能炫耀的富贵与贫贱何异？

所以，塞姬的情绪日渐低落——这也是人之常情，我们不该太苛责她。她终于说服了丈夫，准许她请两个姐姐来这里做客。丈夫只提出了一个要求：无论塞姬的两个姐姐说什么，塞姬都不能看到他的长相。

像所有的故事一样，禁忌总是为了打破才提出来的。塞姬请来了两个姐姐，终于满足了积蓄已久的炫耀欲，当然，她成功地引起了两个姐姐的嫉妒。她们本就嫉妒她的美貌，如今更是一发而不可收地嫉妒她的婚姻和财富。

为了找回心理平衡，两个姐姐开始强调自己的婚姻生活虽然并没有妹妹这么富足奢华，却十分体面，真是想不出这个躲躲闪闪的妹夫究竟是个什么样的人，为什么不光明正大地举办婚礼，如此夸张的财富又是以何种手段获得的呢？他也许是个有点身份的有妇之夫，或者是个见不得光的江洋大盗……亲爱的妹妹呀，你至少总该晓得自己丈夫的名字吧？

我们一旦想到这是两千年前的故事，就会疑惑人类在这两千年里究竟有没有进步。无论如何，塞姬的确不晓得丈夫的名字，事实上，除了他的温存和富有外，她对他全然无知。

这天夜里，塞姬决定挑战丈夫的禁令。当他睡熟之后，她悄悄地下了床，点亮了一盏烛台，在烛光下仔细端详着这个与自己同床共枕的人——“啊，在那璀璨的窗龛 / 我见你站立如雕像 / 手持玛瑙的灯盏”，爱伦·坡的诗句恰恰把画面停驻在这个地方，在这个最具张力的时刻。朦胧的烛光即将揭晓白昼般的真相，但也许这真相无法承受。

［英］弗雷德里克·莱顿《塞姬的沐浴》（The Bath of Psyche, Lord Frederic Leighton, 1890）。低头羞赧地俯视倒影的塞姬颇有些顾影自怜的意味，画家的构图愈显出塞姬的亭亭玉立。左上角和右下角的鸽子是爱情的象征——“爱情”是鸽子最早的象征意义，直到基督教兴起之后，鸽子在西方才渐渐有了和平与圣灵的象征意义，至于“和平鸽”，则晚至1950年方才出现（当时毕加索为世界和平大会画了一只鸽子，诗人聂鲁达名之为“和平鸽”）。

她认出了他，她曾在神殿的雕像里见过他的样子，他叫丘比特，是年轻的爱神。塞姬在惊慌中后退，却碰到了爱神放在床边的弓箭，她刹那间忘记了一切，只知道自己疯狂地爱着眼前的这个男人，她不敢惊醒他，却忍不住去深深地吻他。烛台倾侧，一滴蜡油惊醒了他。他看见了烛光，看见了烛光里塞姬火热的眼睛，看到了这一双眼睛中映出的自己，他知道一切都结束了。

那一刻，丘比特看到了塞姬最美的样子：手持烛台，烛光撩动着她脸上的红晕。然而也就是在这一刻，他不得不失去她，正如她也必须失去他一样。

丘比特的出现、禁忌和离别都不是没有道理的。在一段神秘的爱情故事之后，古罗马的游吟诗人为我们端出一个阴谋论来：塞姬的美貌实在为自己带来了太多的麻烦，不仅在人间销蚀了所有男人的胆量，甚至名传天界，引起了美神维纳斯的嫉妒。为了惩罚塞姬，维纳斯派出了自己的儿子丘比特，要用金箭的魔力使塞姬爱上人间最龌龊、最潦倒的家伙。没想到，肩负使命的丘比特第一眼就爱上了塞姬，所以为了瞒住母亲的耳目，他才不得不做了那么多神秘的安排，就连所谓阿波罗的神谕也是他巧思出来的一个诡计。

但随着一道本不该有的烛光，所有的秘密一下子暴露了出来。儿子只好回去抚慰愤怒的母亲，妻子只好艰难地走出空荡荡的宫殿，绝望地寻觅自己的丈夫。塞姬无数次地懊悔，懊悔自己不该轻信了姐姐们嫉妒的话，不该在那个本来无风无雨的夜晚拿起那盏本属禁忌的烛台——当你看到塞姬拿起烛台的时候，你该知道，你那美丽而神秘的幻境在下一刻便将跌碎成千片万片，每一个碎片里都映着一张惊恐而绝望的脸，你自己的脸。

如果你像我一样，或像少年青涩的爱伦·坡一样，由衷地珍视过某段生活，珍视过某个人，你就会明白当塞姬拿起烛台时究竟意味着什么。

［英］爱德华·伯恩–琼斯《丘比特与塞姬》（Cupid and Psyche, Edward Burne-Jones, 1865—1887）。画面描绘的是小爱神丘比特初见塞姬的场面：她在花树下睡熟，他小心翼翼地靠近她，专断的爱突然爆发。

［英］约翰·威廉·沃特豪斯《塞姬推开了丘比特花园的大门》（Psyche Opening the Door into Cupid's Garden, John William Waterhouse, 1904）。这忐忑的一瞬间，退回去便是安稳妥帖的固有生活，走进去便是未知的悲或喜。若是你我，又会如何选择？

2

学者们说，在爱伦·坡所有语及爱情的诗歌里，《致海伦》是唯一不以悲剧收场的。坡其他的名作，如《安娜贝尔·李》和《乌鸦》，“美人之死”都是诗人最钟爱的主题，或者是梦魇般无法摆脱的主题。他天生一副专唱哀歌的嗓子，永远蹙着眉，仇恨一切快乐。

事实上，我觉得《致海伦》并不是什么例外，甚至它才是所有哀歌中最具悲剧色彩的，因为它并不曾写到美人的死或梦幻的终结，而是饱含心计地把诗笔停在了悲剧即将揭晓的一刻。高明的诗人不会陷入某种情绪而无法自拔，因为那种宣泄式的写作其实是任何庸手都能够胜任愉快的——遗憾的是，普通读者常常误以为这才是艺术创作“应该有”的样子，这大概要怪那些颇得市场营销学精髓的传记作家和电影导演吧。

20世纪60年代初，中国的文艺理论家们热烈地讨论过狄德罗的《关于戏剧演员的诡论》，这个“诡论”是说，演员必须冷静自己的内心，才能惟妙惟肖地表演出角色的热烈情感，比如在表演一个人的狂怒时，演员绝不可以真的发狂。诗人也像演员一样，无论陷在怎样沉郁、焦灼或歇斯底里的情绪里，一旦拿起他的鹅毛笔，总要保持诗艺的最后一点灵明。

这一点灵明使爱伦·坡没有把悲剧写破，使这首诗以辉煌的赞颂开始，却以一幅或喜或悲的可疑的剧照收场。高明的诗人从不写悲剧的顶点，只给读者小心地铺设好想象顶点的阶梯。于是，在对诗人戛然而止的未尽之意的猜测中，我们越走越远，越远就越是悲哀。

3

塞姬在神话里的结局是这样的：她主动向美神维纳斯寻求和解，并在诸神的帮助下平安度过了维纳斯为她设下的重重难关，主神宙斯则在丘比特的恳求下赐给塞姬长生不老的仙露，并且亲自主持了这一对事实夫妻光明正大的合法婚礼。

这真是一个皆大欢喜的结局，但不是所有人都这么想。英国女作家维多利亚·格里芬就是异类之一，她说假如自己就是塞姬的话，一定不肯饮下那杯仙露，并且拒绝那场盛况空前的婚礼，因为，“如果一个男人在任何时候都自由地离我而去，那么，当他来到我身边的时候，我就知道在这一刻他是真的需要我”。

［英］约翰·威廉·沃特豪斯《塞姬打开金盒》（Psyche Opening the Golden Box, John William Waterhouse, 1903）。那只美丽的金盒是丘比特的母亲维纳斯为塞姬设下的一个陷阱。这般美丽的陷阱世间并不罕见，而我们也总会像塞姬一样受诱惑、犯错，然后心力交瘁地弥补。

1849年的一天，艾米拉也向爱伦・坡说过类似的话，她知道他正在丧妻之痛里无法自拔，她知道他来找自己仅仅是渴望得到一点温柔的慰藉，她知道自己早已不复青春和美貌，但是，在他的一再坚持下，她终于答应了他的求婚。

那一年，爱伦・坡40岁，艾米拉也是差不多的年纪。在所有的中年夫妻都已经被生活琐事消磨成熟悉的陌生人的时候，他们两个却像少年一般，怀着热切的憧憬私定终身。

这仿佛是旧事的重演。艾米拉是爱伦・坡少年时代的初恋情人，他们已经有过一次私定终身了，那时候他们信誓旦旦，矢志不渝，不惜与各自的家庭决裂。那时候，爱伦・坡还只是个16岁的中学生，精通拉丁文，迷恋戏剧，擅写双行体的讽刺诗，他那青涩的脸上还没有一点成年之后因为酗酒而染上的颓丧，他会用舞台腔朗诵自己的诗歌，逗他的爱神笑，或者撩拨她的烦恼。

谁也看不出他成长于一个何等动荡的环境。爱伦・坡的父母都是美国戏剧界著名的演员，他们一共生了三个孩子，爱伦・坡在三兄妹中排行第二。演员的生活总是异乎常人的，在爱伦・坡尚不记事的年纪，父亲就离家出走了，没人知道父亲是为了什么。这只是悲剧的开始。第二年，母亲去世，三个孤儿分别被三个家庭收养，爱伦・坡做了里士满一位富裕的烟草商人的养子。

养父给了爱伦・坡很好的教育，但矛盾也不可避免地发生了：爱伦・坡与生俱来的艺术基因使他终究无法被商人的观念与性情束缚，诗歌在他的体内横行，使他看不到这世界上的一切险恶，看不到一切为旁人所共同尊奉的陈规陋习。那么既然他与艾米拉彼此相爱，理所当然地就应当结合在一起。这是唯一的理由，必然的结论。他不理解为什么还要算计年龄、家世、学业、前途……两个人为什么不可以仅仅因为相爱而结合呢?

他们缔结了婚约，许下了诺言，他马上要去弗吉尼亚大学读书，她会等他，给他写信，然后读他的信，等他的信。

弗吉尼亚大学是由《独立宣言》的起草人、美国第三届总统托马斯·杰弗逊创办的。今天的弗吉尼亚大学或许不像当初那么引人瞩目，但依然是全美排名第二的公立大学，还是北美唯一入选世界文化遗产的高校。我有一位酷爱推理小说的学姐考上了弗吉尼亚大学的研究生，她经常很兴奋地到处吹嘘自己是爱伦·坡的校友。不过，当爱伦·坡进弗吉尼亚大学读书的时候，既没有开始写推理小说，也没有任何人以他为自豪。相反，同学们喜欢他在恶作剧方面表现出来的卓越天赋，教师们则认定他是一个难以管束的害群之马。

因为艾米拉的事情与养父搞坏了关系的爱伦·坡，被迫走上勤工俭学的道路。也许是诗人气质使然，他没有去餐馆刷盘子，而是借钱去赌场碰运气。世界上还没有任何一名成功的诗人同时也是一名成功的赌徒，爱伦·坡总共欠下了 2000 美元的赌债，这在当时是一笔令人心惊的巨款。他被赌场评为最受欢迎的人，甚至当地一些颇具知名度的花花公子的排名还在他的后边。

快要被债主逼疯的爱伦·坡不得不逃回里士满的家，当面向养父求助。养父拒绝替他偿还赌债，随后他又发现，在他“勤工俭学”的这段时间，艾米拉的父母已经成功地解除了他和艾米拉的婚约。1827 年，18 岁的爱伦·坡离家出走，他参了军，还出版了自己的第一本诗集。

也许这就是所谓的绝处逢生吧，我们很难相信，爱伦·坡的诗集没有引起任何关注，军衔却一升再升，到了 1828 年，他已经升至了军士长，这已经是士兵的最高军衔。境遇是如此的蹊跷，以至于就连爱伦·坡自己都开始认真考虑是否要在军旅生涯中谋求未来了。接下来是更加令人惊讶的事情——他居然考进了西点军校。

爱伦·坡有着出色的思考能力和学习能力，擅长条分缕析的思辨，这使他不仅可以轻松地考取一流名校，甚至还开创了推理小说这一崭新的文学流派。这也难怪他看不起那些传统意义上的抒情诗人，说他们之所以永远停留在感性审美的层次，与其说是因为情感丰富，不如说是因为智力低下。他写过最出色的情诗和爱情小说，却鄙视那些整日里都是风花雪月和所谓人生感悟的作家。所以，他时常发表一些尖刻的评论文章，好像永远都嫌自己的敌人不够似的。

但他骨子里毕竟是个诗人，天马行空的诗人气质必然没法和军校的纪律生活合拍。他写诗讽刺西点军校里的教官们，那一届的学生们从这些诗作里得到了太多的乐趣，以至于大家后来还集资帮助爱伦·坡出版了一本诗集。

教官们越来越无法容忍这个反社会的活跃分子，爱伦·坡也同样越来越无法容忍军校里的刻板生活。他们一心要赶走他，他也一心想要离开，终于，军事法庭郑重其事地对诗人进行了审判，控告他犯有以下严重罪行：迟到、早退、旷课，证据确凿，予以开除，诗人落魄偃蹇的职业文学生涯就此拉开了序幕。

退学之后，爱伦·坡住到了巴尔的摩的姨母家里，平日里除了写作投稿之外，就是教姨母 8 岁的女儿（也就是他的表妹）弗吉尼亚读书。我听说过许多师生恋的故事，但再没有哪一个故事比这一个更为离奇——爱伦·坡爱上了他的小表妹，姨母竟也没有阻止他们。于是，在 1836 年 5 月，爱伦·坡与弗吉尼亚正式成婚，新郎 27 岁，新娘 13 岁。没人看好这段婚姻，事实上，除了这对夫妻始终不渝的相亲相爱之外，这段婚姻的确充满了不幸。爱伦·坡在文学道路上饱经坎坷，每一次小小的成功都是为了铺垫一场更大的失败，每一次文学职业上的失败都预示着生活中的又一次颠沛流离。

1847 年 1 月，弗吉尼亚在贫病交加中死去，年仅 24 岁。爱伦·坡已经连哀悼的声音都发不出了。1847 年的整整一年，他都病倒在床上不肯起来。初夏的阳光一洒进他的窗子，就会被那个古怪的房间彻底吞噬。她是个夭折的孩子，他忘记了她 8 岁以后的样子。

1849 年，40 岁的爱伦·坡的身上贴着数不清的不名誉的标签：一个不可救药的酒鬼，一个放荡不羁的穷酸文人，一个嘴尖皮厚的评论家，一个吸食鸦片的疯子，一个南方奴隶制的顽固捍卫者，一个为什么还不赶紧下地狱的讨厌鬼。他写信对一位朋友说："文学是最高尚的职业，事实上它差不多是唯一适合一名男子汉的职业。"这多少有点自欺欺人，但他这样安慰自己。

文学可能的确是最高尚的职业，但爱伦·坡从事的文学职业不在此列。他那个广为人知的文学宗旨，即"指导社会，娱乐自己"，经常成为人们揶揄的对象，他们说，他那一连串的失败和不幸反而使自己成了娱乐大众的笑点，这也反证了这个还算有些小才华的文人，确实需要接受一下有着良好教养的中产阶级的教育。

他拖着瘦削的影子，试图去抓住最后一根救命稻草。他相信他的初恋情人，如今已经孀居的艾米拉，是唯一对自己不怀恶意的人。他口齿不清地向她求婚，她清清楚楚地答应了他。她知道他已经患上了受迫害妄想狂，她希望他至少可以相信这世界上的某一个人，希望他不要用妄想去戕害他最柔软的一段记忆，希望让那段记忆好好地封存起来，像神龛里的信念一般，支撑彼此的未来。

爱伦·坡告辞走了，是急着去买戒指了吧，有点高兴的样子。艾米拉从此再也没见过他，一周后，有人在巴尔的摩看到他倒卧在街头，神志已然不清。

这是他留给世人的最后形象。

［爱尔兰］哈利·克拉克为爱伦·坡《神秘与想象故事集》绘制的插图（Harry Clarke's illustration for Edgar Allan Poe's "Tales of Mystery and Imagination"）。无须琢磨画中的细节，即使把握了每个细节，你也很可能无法将之连缀成完整的情节。因为画家所专注的，不是讲述某个起承转合一应俱全的事件，而是传达一种氛围，用一种氛围攫住观者——这与爱伦·坡创作的故事如出一辙，那些奇异而妖冶的情节，也许连作者本人都难以解释清楚，但你一读便沦陷，沦陷在意义不明的诡谲之中。

【诗艺小札】

爱伦·坡的诗风

如果有一个连环杀人案的凶手，心底烙下过一点阴影，有点内向，甚至有点多愁善感，并且认真地主修过文学专业，那么与他最配的诗，或者他最有可能爱上的诗，一定就是爱伦·坡的作品了。

侦探小说家迈克尔·康奈利写过一本厚厚的《诗人》，便真的塑造了这样一名凶手。当小说的主人公，一名紧盯案件的记者，窥破了爱伦·坡的引语之密时，那段内心独白简直可以当做介绍这位诗人的文学导言："我不是那种害怕孤独、害怕长夜的人。我独自一人生活了十年，还曾经一个人在国家公园野营，也曾为了报道独自走过荒凉的废墟。我也曾坐在黑糊糊的汽车里，守在更加黑暗的街道上，等着和选举提名者、犯罪分子或胆小的线人见面。犯罪分子当然把我吓得够戗，但独自一人等在黑暗中从来没有让我感到害怕。不过，我得说，夜读爱伦·坡，我身上一阵阵发冷……不管是什么原因，夜读爱伦·坡，我始终有一种挥之不去的恐惧感，甚至在我打开电视，用节目的声音充当背景声时，恐惧感仍旧纠缠着我。"

故事接下来，当案情有了进展时，FBI（美国联邦调查局）的特工们讨论起为什么这个凶手总要留下爱伦·坡的诗句。"'我告诉你为什么，'坐在桌子另一头的一个特工道，'因为爱伦·坡是个病态的杂种，我们这位"诗人"也是。'"

无独有偶，另一位侦探小说家劳伦斯·布洛克在《八百万种死法》里，亦郑重其事地引述了爱伦·坡的美学名言作为题记："无疑，美女之死是世界上最具诗意的话题。"是的，爱伦·坡总是带着颓废的死亡气息，而这气息美如罂粟。

做比较文学的人，常把爱伦·坡和中国唐代的诗人李贺相提并论，这两个人的诗都带有一种凄美的、病态的鬼气。爱伦·坡还写小说，也是同样的风格。有时候读他的小说，感觉就像是他在给自己的某一首诗作注似的。

爱伦·坡是音律大家，是所有英语诗人中最雕琢音律的一个。他有时候会用力太过，以至于诗的音调过于流畅，有点像儿歌或是顺口溜了。所以，爱默生批评他是“打油诗人”（或译“丁当诗人”）并非没有道理，只是若按这个标准，不少被人们追捧的中国新诗都要被划入打油诗的行列了。

《致海伦》共有三个诗节，每节五行，尾韵各有不同，分别是ababb，ababa，abaab，读起来押韵的感觉更强，而且错落有致。但中国诗歌的习惯是在偶句押同一个尾韵，所以不大容易体会出那种声音的错落感。尤其是第三诗节的韵脚，值得中国的新诗爱好者留意：

Lo! in yon brilliant window-niche
How statue-like I see thee stand,
The agate lamp within thy hand.
Ah, Psyche, from the regions which
Are Holy-Land!

读下来的时候，我们更容易忽略第一句句末的niche和第四句句末的which是押韵的，而从文法习惯来讲，最后两句的自然断句是在“are”之后，而不是在“which”，第四句以“which”结尾是为了照顾诗律。中国的当代诗人经常模仿英语诗歌这种特殊的断句方式，把一句语义完整的句子裁成两行或三行，但很多人在有样学样的时候，并不知道英语诗歌之所以这样断句，是因为要贴合诗律

（除了韵脚之外，还要照顾音步、抑扬格等）。

这首诗里还有一种音律形式是中文诗歌没有的：The weary, way-worn wanderer bore，一句话里一连用了四个“w”开头的单词，这叫头韵（alliteration），相当常见，甚至在散文里也会用到，比如在乔伊斯的小说《芬尼根守灵夜》里有这样一句：river run past Eve and Adam’s, from swerve of shore to bend of bay（河流流过亚当和夏娃的家，从河的转弯处到海的转弯处），swerve of shore to bend of bay 就是用到了头韵，给句子赋予了一分诗意。

标题也常用头韵，如一则著名的儿童故事 Tony the Tow Truck（托运车托尼），是特意让小孩子读出声音的韵味的。情景喜剧《生活大爆炸》的某一集里，谢尔顿的妈妈要求谢尔顿立刻去向他的老板道歉时，很强势地说：“洗澡，换衬衫，穿鞋，然后出发”（shower, shirt, shoes, and let’s shove off），真的很有舞台效果，晓得头韵的观众才晓得笑点何在。

中国诗歌一向是尾韵传统，即句末押韵，而在西方的很多语系里，最早的诗歌是只有头韵而没有尾韵的。中国读者在朗读诗歌的时候，总会对尾韵存有心理预期，对尾韵之外的各种押韵形式是很容易视而不见的。

爱伦·坡的成名作《乌鸦》（*The Raven*）堪称音律技巧的一场盛宴，爱它的人赞它精美绝伦，恨它的人嫌它雕琢过甚。只可惜无论如何，在今天的诗歌读者当中，音律早已沦落成最不值得关注的东西了，爱伦·坡苦心孤诣的叠床架屋也只有“不惜歌者苦，但伤知音稀”了。

［法］保罗·高更《永不再》(Nevermore, Paul Gauguin, 1897)。后印象派大师高更一度着迷于以画面表达声音，这幅画便是一例。画作以爱伦·坡的《乌鸦》为灵感，画面上那个侧卧的女子显然关注着背后，但究竟是在偷听那两个人的窃语，还是警惕着窗台上那只乌鸦的动静，观者不得而知。同样无法确知的，还有那句"Nevermore"的意义，它所指何事？究竟在暗示些什么？就别再追问，只管陷落在画面的瑰丽中，一如陷入爱伦·坡式的了无意义的纯美。

【在时光深处遇见】

雪莱

（Percy Bysshe Shelley，1792—1822）

/

/

/

英国诗人，与拜伦、济慈一起催开了浪漫主义的花朵，被誉为“诗人中的诗人”。但是，他所有的桂冠与称号皆获于死后，雪莱生前读者寥寥，大众愿意谈论雪莱的绯闻，远胜于谈论雪莱的诗文；而在专业领域，雪莱的文字更是被当时的职业评论家称为“当代最恶劣的作品，似出于恶魔之手”。不过，对于一个即使被牛津大学开除、被家族开除、被英国开除仍然坚持己见的人来说，“恶魔”也许是个不错的评价——他才不屑于做谁的乖宝宝，比起糖果，他更喜欢风暴。

06 理想主义的致命孤独：雪莱和他的诗

犹如飞蛾扑向星星，
又如黑夜追求黎明，
这一种思慕远处之情，
早已跳出了人间的苦境。

——［英］雪莱《致——》

1

大多数人都是从“如果冬天来了，春天还会远吗”知道雪莱的，正如大多数人都是从“人不能两次踏入同一条河流”知道赫拉克利特的。而同样对于绝大多数人来说，这就是他们所了解的雪莱与赫拉克利特的全部了。

在我旁听过的一节哲学课上，教授试图以雪莱这句诗来佐证赫拉克利特的这句哲理：任何一个季节都不会永存，春花秋月，每一刻都是全新的；无论你的动作多快，都不可能两次踏入同一条河流，因为新的水不断流过你的身旁。诗人和哲学家共同在探究世界的规律，他们相信，只要掌握了这世界最核心的规律，就可以轻松解释许多的事情。

而在同学们纷纷点头之时，教授突然话锋一转：你们真的以为雪莱与赫拉克利特在说同一个道理吗？想想看，雪莱憎恶严冬，呼唤春天，他还说过“过去属于死神，未来属于你自己”，如果严冬可以迅速地被死神带走，春天可以即刻被美惠三女神带来，这总该是件令人欣慰的事吧？但是，让我们仔细想一想，春天真的就比冬天更好吗？赫拉克利特可不会这么想。

在赫拉克利特看来，善与恶都是一回事，正如上坡路和下坡路其实是同一条路，那么，冬天和春天真有什么本质上的区别吗？或许冬天是一种残酷的现实，却充满着通往春天的希望；而春天是一种安适的现实，却暗暗地逼近酷暑。如果雪莱可以说“如果冬天来了，春天还会远吗”，我们当然还可以继续追问：如果春天来了，夏天还会远吗？如果夏天来了，秋天还会远吗？如果秋天来了，冬天还会远吗？归根结底，我们不过是走了一个轮回，并且我们与我们的子孙万代还将把这个轮回不断地走下去，无从跳脱。念及此，难道不觉得有一点可悲吗？

轮回，世界不断在轮回中毁灭又重生，所有的冬天和春天，所有我们力图摒弃的恶与痴心追求的善，也随着世界的轮回一遍又一遍地在人类眼前重现，永远不知疲倦——这已经不再是赫拉克利特，而是斯多亚派的观点了。你们是了解斯多亚派的，教授说，难道你们没听说过古罗马的哲学皇帝马克·奥勒留吗？没读过他那本著名的《沉思录》吗？奥勒留皇帝即晚期斯多亚派的一位代表人物。

奥勒留皇帝说过：“有些东西忙着出生，有些东西忙着消逝，有些正在出生的东西其中某些部分则同时已经凋谢。流动变迁使得这个世界常新，恰似那永无间断的时间的进行，使得万古常新。在这川流不息之中，一切的东西都从我们身边旋转飞过，不得片刻停留；其中有什么东西值得一个人那样珍视吗？那就同与一只身边掠过转瞬消失的麻雀发生恋爱毫无二致。”这是《沉思录》里的一段名言，那么让我们重新想想，雪莱所期盼的春天真的是一个令人珍视的东西吗？若我们

像他一样渴望摆脱冬天的严酷而向往春天的欢愉，这真的“同与一只身边掠过转瞬消失的麻雀发生恋爱毫无二致”吗？

下课了，教授照例没有做出任何结论，这是哲学课程的“通病”。但我久久地待在座位上，似乎被剥夺了站立起来的力量；又像是童年时坐在电影院里等待散场，默默地盯着演职员表的滚动，迟迟地不肯回到光天化日里去。而那影院中不足120分钟的昏黑，亦如雪莱带给我们的不足一个诗节的春天。

［意］拉斐尔《雅典学园》（The School of Athens, Raphael, 1510—1511）。这是拉斐尔为梵蒂冈创作的一幅大型壁画，画面上集中了从古希腊到当时意大利的五十多位文化巨匠，左前方以手支颐望向我们的就是赫拉克利特。

06

理想主义的致命孤独：雪莱和他的诗

2

诗人或多或少都是理想主义者，但他们同样也或多或少会向世界妥协。在我打过交道的那些诗人里，纯粹的理想主义者凤毛麟角，我眼睁睁地看着当年那些以诗歌自诩的快意豪杰一个个弃文从商，甚至走入仕途，打一口流利的官腔。他们开始以新的价值标准衡量自己，无所谓金币是否压断了诗歌的翅膀。

是的，我相信诗歌是一种有翅膀的生物，愈是轻盈，便飞得愈高。

如果你突然抛出理想主义这个词来问我，我会一下子想到雪莱，因为他生命的每一分钟都明白无误地属于理想，从青春直到死亡。

雪莱早在十八岁那年就写了一首哲思型的叙事长诗《麦布女王：一首哲理诗》（*Queen Mab: A Philosophical Poem*），塑造了一个象征着希望的麦布女王的形象，让她以魔法带着少女艾安蒂的灵魂从星空的高度俯瞰人类社会的全部历程，把时间铺成一个平面，把过去、现在和将来一同放在她的眼底。当少女看尽了人世的罪恶，听尽了人世的哭号，麦布女王便揭开了“希望”的一角：那里不再有种族、等级和国家，只有真正的人，每一个真正的人，正直、聪慧、温和，自己是自己的王。

这真是一位伟大的女王啊。其实在英国文学的传统当中，麦布女王原本并没有这么伟大，是雪莱别出心裁地提升了她的形象。若你对麦布女王这个名字感到陌生，那么，请你重温莎翁悲剧《罗密欧与朱丽叶》里的一段经典台词——那是罗密欧与好友们讨论梦的话题，罗密欧说：“一个人在睡梦里往往可以见到真实的事情”，茂丘西奥说：“啊，那么春梦婆一定来望过你了。”可春梦婆又是谁呢？在茂丘西奥的描述下，这位春梦婆是精灵世界的稳婆，她的身体只有戒指上镶嵌的一粒玛瑙那么大，若你在失眠的夜晚细心观察，或许会看到有几匹蚂蚁大小的马儿拉车载着她驰过酣睡的人们的鼻梁；那车子精致得骇人，车辐是用蜘蛛的长脚做成的，做顶篷的是蚱蜢的翅膀，细小的蛛丝就是驾驭马儿的缰绳，而那位车夫竟是一只小小的孑孓，挥舞着由蟋蟀骨头连成的马鞭——这是孑孓们世袭的差事；春梦婆的车厢是野蚕用一只榛子的空壳精工制作而成的，比最酣的梦还要舒适。每一个夜晚，她都会乘着这样的车子在人间穿行，若驶过情人们的脸颊，他们就会在梦里谈情说爱；若驶过官员的膝上，他们就会在梦里躬身行礼；她还会在女孩子们仰面睡觉的时候压在她们身上，教会她们如何生养儿女……

沙翁悲剧《罗密欧与朱丽叶》中的原文台词如下：

O, then, I see Queen Mab hath been with you.
She is the fairies' midwife, and she comes
In shape no bigger than an agate-stone
On the fore-finger of an alderman,
Drawn with a team of little atomies
Athwart men's noses as they lie asleep;
Her wagon-spokes made of long spiders' legs,
The cover of the wings of grasshoppers,
The traces of the smallest spider's web,
The collars of the moonshine's watery beams,
Her whip of cricket's bone, the lash of film,
Her wagoner a small grey-coated gnat,
Not so big as a round little worm
Prick'd from the lazy finger of a maid;

Her chariot is an empty hazel-nut
Made by the joiner squirrel or old grub,
Time out o' mind the fairies' coachmakers.
And in this state she gallops night by night
Through lovers' brains, and then they dream of love;
O'er courtiers' knees, that dream on court'sies straight,
O'er lawyers' fingers, who straight dream on fees,
O'er ladies ' lips, who straight on kisses dream,
Which oft the angry Mab with blisters plagues,
Because their breaths with sweetmeats tainted are:
Sometime she gallops o'er a courtier's nose,
And then dreams he of smelling out a suit;

［英］约翰·亨利希·菲利斯《麦布女王》（Queen Mab, Johann Heinrich Füssli, 1814）。在这幅画里，麦布女王在精灵们的簇拥下用魔杖指向沉睡中的少女，不知道是在梦中教会她如何生养儿女，还是为她在时间的帷幕下揭示出一片崭新的希望。

And sometime comes she with a tithe-pig's tail
Tickling a parson's nose as a' lies asleep,
Then dreams, he of another benefice:
Sometime she driveth o'er a soldier's neck,
And then dreams he of cutting foreign throats,
Of breaches, ambuscadoes, Spanish blades,
Of healths five-fathom deep; and then anon
Drums in his ear, at which he starts and wakes,
And being thus frighted swears a prayer or two
And sleeps again. This is that very Mab
That plats the manes of horses in the night,
And bakes the elflocks in foul sluttish hairs,
Which once untangled, much misfortune bodes:
This is the hag, when maids lie on their backs,
That presses them and learns them first to bear,
Making them women of good carriage:
This is she.

就是这位春梦婆，在莎翁的剧本里，被唤作 Queen Mab。当初我能背得莎翁剧本里的许多段落——在那个心无杂念的年纪，背书从来不是什么难事。我曾经很惊喜地发现：原来这位春梦婆，就是雪莱笔下的麦布女王。读原文虽然辛苦，但总能捕捉到一些译文遗漏的信息，也算是种补偿。

3

翻开《麦布女王》，劈头便是睡眠与死亡阴郁的隐喻，这位十八岁的少年想得是多么的沉重啊：

死神是如此的俊美，
一如睡神，他的兄弟。
一个有天边残月般苍白的脸颊
和铁青色的唇；
另一个的脸上泛着晨曦般的红晕，
在波涛上接受加冕，
腼腆地瞭望人间。
他们的脚步颠倒着沧海桑田。

HOW wonderful is Death,
Death, and his brother Sleep!
One, pale as yonder waning moon
With lips of lurid blue;
The other, rosy as the morn
When throned on ocean's wave
It blushes o'er the world;
Yet both so passing wonderful!

［英］约翰·威廉·沃特豪斯《睡神与他的同父异母兄弟死神》（Sleep and his Half-brother Death, John William Waterhouse, 1874）。画面对雪莱的诗意作了变化，两兄弟并排倚靠在一张大床上沉睡，蜜糖色的光线只打在了床铺外缘的睡神身上，死神的脸颊则在阴影里隐隐透着瓷青。

睡眠或许会梦到悲凄，死亡或许会是升入天国的门径，那么，究竟哪一个更悲苦，哪一个更甜蜜呢？

雪莱喜欢睡眠与死亡的主题，始终如此。某个夏日的黄昏，年轻的雪莱走过一处墓园，在教堂尖顶与石制墓碑的错落里，静谧远远压倒了阴郁。雪莱写下《夏日黄昏的墓园》（*A Summer Eveing Churchyard. Lechlade, Gloucestershire*），在死亡般的静谧里倾诉死亡的甜蜜。我尤爱诗的末段：

呵，美化了的死亡，平静、庄严，
有如这静谧的夜，毫不可怖：
在这儿，像在墓园游戏的儿童，
我好奇地想到：死亡必是瞒住
甜蜜的故事不使人知道，不然
也必有最美的梦和它相伴。
（查良铮 译）

Thus solemnized and softened, death is mild
And terrorless as this serenest night:
Here could I hope, like some inquiring child
Sporting on graves, that death did hide from human sight
Sweet secrets, or beside its breathless sleep
That loveliest dreams perpetual watch did keep.

因为最深沉地感受到现实的痛楚，才会最饥渴地吁求希望的乌托邦。理想主义者的生活永远如此，正如朋友们邀请罗密欧加入群舞，而罗密欧说："我实在不能跳。你们都有轻快的舞鞋；我只有一个铅一样重的灵魂，把我的身体紧紧地钉在地上，使我的脚步不能移动。"对于青春的罗密欧，这铅一样重的灵魂束缚于身世、命运与爱情；对于青春的雪莱，这铅一样重的灵魂束缚于广袤的人世与浩瀚的星空——每一种最私人的切肤之痛，在他而言都会变成悲天悯人的刻骨同情。

4

雪莱不仅是一位诗人，在思想上更是一位时代的前行者，所以必然会招致时人的冷眼、厌憎、排挤和迫害。他在男权至上的年代呼唤女权，在君权至上的年代呼唤平等，在教权不可动摇的时代妄图撼动天国的基石，在正义受人轻蔑的年代固执地伸张正义。雪莱的种种声音，在今天听起来不过是小孩子都晓得的常识，而在当时，却是离经叛道、逆伦悖德——因此，雪莱甚至被当做魔鬼一党，被法庭“合法合理地”剥夺了抚养亲生骨肉的权利。

我常常觉得，以雪莱的惊世才华，若可以将自己的思想高度降低一些，若可以把自己的见识和那个社会上大多数人的见识拉成一线，他会是最受欢迎的畅销书作家，会在生前而非死后被誉为最有思想深度的诗人；只消略微放弃心头的真，便可轻易换取多少人在梦中也无法企及的名利。但他偏偏选择了坚持，同时也就选择了颠沛的命运。

所以，他注定是一个孤独入骨的人，仿佛全世界的人组成了一支无比盛大的游行队伍，只他一个人，逆人流而行，以瘦削的肩膀顶住一次又一次的撞击，与全世界的欢乐作对。这样的生涯，总也难免有片刻的惶惑，他那首小诗《咏月》（*To the Moon*）便是这般孤独的自况吧：

你苍白可是为了
倦于攀登天空，凝视大地，
独自漫行得寂寥：
那星群都和你出身迥异——
因而你常变，像忧伤的眼睛

找不到目标值得它的忠诚？
（查良铮译）

Art thou pale for weariness
Of climbing heaven and gazing on the earth,
Wandering companionless
Among the stars that have a different birth,–
And ever changing, like a joyless eye
That finds no object worth its constancy?

在罗塞蒂（W. M. Rossetti）1870 年编订的《雪莱全集》（*Complete Poetical Works*）里，这首诗的后面还有两句断章，似乎雪莱原本要写一首长诗，却只完成了第一诗节与第二诗节的开头。然而那断章简直可以独立成诗，别有一种意象派的优美：

你是灵魂选中的姊妹，
它凝视你，直到饱含怜惜。

Thou chosen sister of the Spirit,
That grazes on thee till in thee it pities...

［法］阿尔伯特·奥布里特《月神塞勒涅》(Selene, Albert Aublet, 1880)。苏珊·桑塔格记述艺术掌故时提到，奥布里特对自己这幅作品颇为自得，甚至有一次忘记了有人在旁，径自望着画面出神，喃喃着："果然是灵魂选中的姊妹！果然是灵魂选中的姊妹！"

5

这还远不是我所喜爱的雪莱的全部，其实我最喜欢他的一点是：即便在写小儿女的喁喁私语时，他也不会像太多的诗人、作家一样蜷缩在窸窸窣窣的细小意象里，在小花、小草、小雨、小径里流着泪顾影自怜。他偏爱使用开阔的意象，你读得出他爱得分外温存，你更读得出他爱得分外圣洁，如那首极有名的《致——》(*To –*)，那末四句的绝唱简直带着巴赫管风琴的呼啸，带着一整个唱诗班合唱时的绚烂。不知你可见过这样的爱情，有如教堂穹顶上层叠的雷声：

犹如飞蛾扑向星星，
又如黑夜追求黎明，
这一种思慕远处之情，
早已跳出了人间的苦境。
（王佐良译）

The desire of the moth for the star,
Of the night for the morrow,
The devotion to something afar
From the sphere of our sorrow?

【在时光深处遇见】

丁尼生

（Tennyson，1809—1892）

/

/

/

英国诗人，深受维多利亚女王的赏识，于 1850 年获得桂冠诗人的称号。今天我们很难想象，丁尼生曾经被当时的评论界折磨得几乎彻底丧失了写诗的勇气。出色的诗人通常都足够真诚，而出色的评论家通常都足够刻薄，于是，当真诚的极致遭遇刻薄的极致时，便如一个体质不佳的弃婴裸露在夜色深沉的狂风暴雨里。丁尼生幸存下来，并且笑到了最后，人们却很难断定，这究竟是因为时间终于为诗人卫冕，抑或仅仅缘于诗人在“成熟”之后对世人的屈就。

07 小虫与飞蛾的意义：丁尼生和他的诗（Ⅰ）

相信没有一条小虫会被白白劈斩，
没有一只飞蛾会以生命追求徒然，
它不会在毫无意义的火焰中凋零枯萎，
更不会仅仅为别人作了奉献。

——［英］丁尼生《悼念集》第54首

1

《X档案》曾是我极爱的一部美剧，时至今日，我依然背得出剧中的诸多桥段，以及精彩台词。有一集故事是围绕一名摄影师展开的，FBI翻出了很旧很旧的档案，看到这几十年来每一份档案的照片上，那个摄影师都是同样一副垂垂老矣的样子——他已经活了不知多少年岁，却从来不会死去。摄影师不小心躲过了死神的追捕，死神便彻底将他遗忘。

但他实在活够了，他羡慕所有会死的凡人，他没有任何办法可以杀死自己，唯一的希望就是带着一架照相机寻找这座城里的犯罪与事故的现场，拍摄每一个死亡的瞬间，以期某次可以觑见死神的脸。

那一集的名字被译作《心灵捕手》。可能是为了照顾中国观众的理解力吧，其实原文是 Tithonus，提托诺斯，希腊神话中的一个人物。而我对这个人物的了解，源自丁尼生的一部传记。

那是在剑桥大学三一学院，腼腆内向的阿尔弗雷德·丁尼生正与同窗好友哈勒姆讨论诗歌和爱情。他们争论什么才是最美丽的爱情模版，才配得上最伟大的诗人的歌颂。哈勒姆赞叹的是果树男神的爱情——在古代的希腊和罗马，神祇似乎比凡人还多，就连果树都拥有自己的神祇，而且还是一男一女两位：果树女神帕摩娜（Pomona）和果树男神威尔图穆纳斯（Vertumnus）。听上去他们本该是一对闻琴解佩的神仙眷侣，帕摩娜却偏偏生性高傲，完全不把威尔图穆纳斯放在眼中。

而且，威尔图穆纳斯并不是唯一在帕摩娜跟前碰壁的人：无论是谁，无论何等殷勤的示好方式，无论怎样贴心的礼物，换来的永远是帕摩娜的冷漠嘲讽。帕摩娜的美艳，即使在众神之中，也是无与伦比的；但同样无与伦比的，是她冰雪般的性格。

一个个志在必得的求爱者，纷纷在帕摩娜坚若磐石的冷漠中偃旗息鼓，威尔图穆纳斯却从不灰心。他有他的本事，他善于易容变化，还掌管着四季的更迭。于是，每到一个新的季节，他便作出新的伪装：或是扮成采苹果的少年，或是扮成英俊的猎手，或是扮成威武的骑士，一次又一次向帕摩娜发动爱情攻势。不过，尽管威尔图穆纳斯如此费尽心机地表现自己，但还是一如既往地以碰壁收场。“无论怎样的女人最后都一定会被爱情打动，只看你是不是用对了方法”，威尔图穆纳斯这样想着，觉得是时候改变战略部署了。

那一天，一位佝偻着腰的老婆婆，缓缓走近了帕摩娜寄居的那棵果树。她称赞树上的果实硕大饱满，尤其是那繁茂的葡萄。“这葡萄多好，”老婆婆说，“正是因为它的藤条可以安心而舒适地缠绕着坚强的树干，它才可以无忧无虑地结出这般娇艳欲滴的果实。所以，我的果树女神啊，你是不是也应该学一学葡萄，找一个俊美、强壮的青年，可以把手臂缠绕在他的身上。接受威尔图穆纳斯的求爱不是很好吗，若是有了他的体温来温暖你，初春的霜冻便不再那么可畏，狂风也再不会吹散你那新发的花朵和新生的果子。”

老婆婆刚一说完这番话，即刻脱掉伪装，以本来面目站在女神的面前——威尔图穆纳斯，一个俊美、强壮、可以依靠的青年。就那么一瞬，帕摩娜的心突然柔软，她探出雪白的手臂，缠绕于他线条硬朗的脖间，园子里的各种果实忽然都有了蜂蜜的味道。

这难道不就是最美丽的爱情模板吗？哈勒姆一往情深，那时候他正在追求丁尼生的妹妹——这绝不是什么容易的事情，但他笃信，自己会像果树男神威尔图穆纳斯一样，用足够多的勇气与一丁点儿的狡狯，赢得梦寐以求的爱情。那么，你呢，阿尔？

［荷兰］亚伯拉罕·布卢马特《威尔图穆纳斯和帕摩娜》(Vertumnus and Pomona, Abraham Bloemaert, 1620)。果树男神威尔图穆纳斯扮成老婆婆的样子诱哄果树女神帕摩娜，帕摩娜的头轻轻偏向老婆婆，微闭着双眼，显然已经被老婆婆的说辞打动了。

［意］弗朗西斯科·梅尔奇《帕摩娜和威尔图穆纳斯》(Pomona and Vertumnus, Francesco Melzi, Unknow Date)，画面上最重要的背景就是那株被葡萄藤紧紧缠绕的树干，“藤缠树”这个爱情意象在古希腊就已经有了。

2

阿尔弗雷德·丁尼生在那一刻也想到了古老的神话，但他欣赏的，是一个截然不同的故事。曙光女神奥罗拉（Aurora），在荷马史诗里，她总是被称作“玫瑰色手指的曙光女神”，亚里士多德在《修辞学》里用这个例子详细阐释过诗歌的隐喻之美，使奥罗拉成为一个经典的文学符号。在神话中，奥罗拉是一个勇敢追求爱情的女子，即便以今天的标准来看，她的追求似乎也过于大胆了。她一度同时爱上了两位美少年，特洛伊的两位王子——加尼米德（Ganymed）和提托诺斯（Tithonus），便施展神力，把他们从特洛伊的深宫中绑架了出来。意外的是，主神宙斯竟也爱上了加尼米德，从奥罗拉的手里夺走了他，让他做了奥林匹斯山上的侍酒童子，取代了青春女神赫柏（Hebe）的位置。

曙光女神奥罗拉当然心有不甘，既然夺不回加尼米德，起码也要从宙斯那里得到一些补偿：她想要和提托诺斯永远厮守在一起，所以她要提托诺斯像诸神一样获得永生的力量。

理亏的宙斯同意了奥罗拉的要求，但粗心的奥罗拉竟然忘记了一件无论如何都不该忘记的事：提托诺斯不仅需要永恒的生命，更需要永恒的青春。当她醒悟过来的时候已经悔之晚矣，她一天天驾着银色的马车从东方升起，用柔媚的曙光为太阳神阿波罗开道，用自己日复一日的青春美貌守着情人日复一日的沧桑衰老，她渐渐不知道还应该如何爱他，他也渐渐不知道要如何挨过无涯的岁月。每一天睡去，他都祈祷第二天曙光飞起的时候自己不用再醒来。

这个故事有一个怪诞而残酷的结尾：奥罗拉把提托诺斯变成了一只蟋蟀，让他（它）从此消失在自己的视野里，这对于他们两个来说，可算是一种最好的解脱了吧？如果你还有兴趣知道那个加尼米德的命运——他一直陶醉在自己的新角色里，悠然做着宙斯的娈童和诸神宴会上的侍者。很快，加尼米德便被宙斯升为宝瓶座的一颗星宿，真正地“位列仙班”，从此谁也看不到他那不太体面的过去。那颗一尘不染的星，在每一个晴朗的夜晚，都可以被草地里某一只老眼昏花的蟋蟀看见。

这样的故事难道可以叫做最美丽的爱情模板吗，它的一切元素似乎都是反爱情的。

看着哈勒姆惊愕的眼睛，丁尼生说：“可是，难道你不觉得这故事里的一切元素都是关乎爱情本质的吗？那无法控制的占有欲，远远超乎实际的奢望，试图玩弄命运却反而被命运捉弄，时间永远是一切美好感情的杀手……”

当时的丁尼生并不知道，他将来最需要感激的，恰恰就是残忍的时间。

［英］伊芙琳·摩根《破晓》(Aurora Triumphans, Evelyn de Morgan, 1877—1878 or 1886)。画面右下角优雅躺卧的是曙光女神奥罗拉，左下角身着黑衣、掩面飞奔的是夜晚之神。画面中央的三位大天使，身着古罗马式的战袍，用嘹亮的号角声昭示新一天的诞生。

3

1832 年，这本是丁尼生初露峥嵘的日子，因为他的诗集公开出版了。如果我们相信哈勒姆为这部诗集撰写的那些热情得近乎失控的长篇大论，那么我们就会怀着无比崇敬的心情，用一丝不苟的维多利亚时代的礼仪恭迎这份时代大礼的降临。

但是，你能想象出多大的热情，这本诗集便遭受了多大的嘲讽。

英国的评论界从来没有节约弹药的意识，老资格的评论家们不约而同地把各种大口径武器瞄准了丁尼生这艘刚刚驶出港口的小船。事实上，正是这些评论家左右着当时英国全国的阅读趣味，而我们还不便责备他们，因为这些人也都称得上一时俊彦，其中更有克罗齐这样的一代宗师，没有人胆敢小觑他们的品位和见地。

当年我在阅读这段史料时，真是很尴尬地遇见克罗齐的名字。要知道，当时我才刚刚读过朱光潜先生翻译的克罗齐的《美学原理》和《美学纲要》，而在更早读过的朱先生的美学专著里，更是没少和克罗齐的各种观点打过交道，这个名字在我的心里早已戴上了圣者的光环。没想到，忽然之间，他显露了一副如此刻薄的嘴脸，成为丁尼生诗集的所有攻击者当中音量最大的那个。更有甚者，他早先还同样攻击过济慈，很多人相信，他对济慈之死有不可推卸的责任。而克罗齐不但丝毫不为自己辩解，反而为此沾沾自喜，声称这恰恰说明了他的批评具有何等直指人心的力量。

现在，正是这股力量，一脸狰狞地痛击丁尼生那远比一般人脆弱敏感的神经。丁尼生开始怀疑自己是不是会发疯，或者患上在当时看来极不名誉的癫痫症；他害怕与整个世界为敌，于是他深深藏起了那支写诗的彩笔。那时候他并不晓得，其实只要自己活得够长——当然，并不需要像提托诺斯那么长——只要多一些时间，就足以轻松打败这个容不下天才的世界。

4

父亲死了，唯一的挚友哈勒姆死了，这不过是两三年间的事情。

古希腊哲学家伊壁鸠鲁有过一个安顿人心的著名命题："死与我们无干，因为凡是消散了的都没有感觉，而凡是无感觉的都与我们无干。"是的，任何人都可以因此而宽慰起来，完全没有必要忧虑自己的死亡。但是，死亡与死者无干，却永远都会刺痛生者。年轻而敏感的丁尼生开始怀疑自己是否已经活得太久，他从自己灵魂的影像里看到了深壑般的皱纹和月光般的白发，霎时豁然开朗：提托诺斯的故事原来并不仅仅关乎爱情。

他曾经以这个题材写下一首五音步的素体诗，题目就叫《提托诺斯》（*Tithonus*），以这位不死老人的口吻作沉痛的独白。提托诺斯说，永生原本是自己向曙光女神求得的，但当他懊悔之后，才想起那一句古老的谚语：诸神无法收回自己的赠礼（The Gods themselves cannot recall their gifts）。还能有别的办法吗，除了再三再四地哀求：

放开我吧，请把我放还人间，
你那不遗一物的眼睛将看到葬我的坟茔；
任日复一日，你的美艳仍在每一个黎明重生，
而我，尘中之尘，将会忘记归途中驾着白银战车的你
和这一座过于空旷的宫廷。

Release me, and restore me to the ground;
Thou seest all things, thou wilt see my grave:
Thou wilt renew thy beauty morn by morn;
I earth in earth forget these empty courts,
And thee returning on thy silver wheels.

[法] 拉格勒《曙光女神升空》(Auroras Take Off, Louis Jean Francois Lagrenee, Unknown Date)。画面上，英俊的提托诺斯已经变成了满头白发的老人，而他的恋人——青春永驻的曙光女神，正要驾车离去，她看向他的眼神，已经找不出丝毫柔情。想来她早已忘记，当初恋慕他的原因。

5

正如提托诺斯用日复一日的哀歌来打发无边而难挨的岁月，丁尼生也用一首又一首的挽歌来哀悼他早逝的挚友哈勒姆。但英国的批评界已经狠狠地伤到了他，以至于他总是把写诗这件事情小心地掩藏起来，生怕为旁人知晓。他的诗歌从此将仅仅是一种私人语汇，寂寥地思索生命、宇宙、科学与宗教，思索有关生与死的一切，以祭文的专用甬道往返于人间与冥界之间，向唯一的听众倾诉。幸好，他如此小心地掩饰，最终也没能把自己闪光的诗句藏得太久，确切地说，没能藏到十年以上。

这些专为哈勒姆写的哀歌后来被结集出版，竟然有 131 首之多，总题为《悼念集》（*In Memoriam*），成为维多利亚时代最具经典性的几部诗集之一。然后，丁尼生总算医好了自己的疑心病，结束了马拉松式的恋爱，与心爱的人完婚。浮名与重利也忙不迭地向一生偃蹇的诗人作出补偿，尤其是，当诗人怀着最后一分忐忑等待评论界的意见时，健忘的评论界早已不记得自己当初都说过什么了。对于丁尼生来讲，悼念的结束总算迎来了新生的开始，这总是件值得庆幸的事情吧。

少年时，我读丁尼生的《悼念集》，时常为其中的佳句惊叹。尽管年岁尚浅的我对文学还没有太多鉴赏能力，但从丁尼生的诗中，我隐约嗅到了经典的气息。

那时候，我的许多课外书总要藏起来读，因为一旦被姐姐发现，她总会毫不留情地揶揄说我的读物皆是“小市民趣味”。我满心愤懑，与她顶撞，往往招来她更多的白眼，接着只能气呼呼地伫在原地，目送她的背影融进那间绘满矢车菊的书房。如今，姐姐早已远嫁他乡，她那几箱老书，临走时全送了我，叮咛再三，嘱我细细照顾与收藏。偶尔翻看姐姐的书，一字一句阅读她一笔一画写下的批注，当年那些可恶的揶揄与白眼，也在记忆中逐渐酿成了蜜糖。

现在想来，如果那时候，姐姐发现我阅读丁尼生的《悼念集》，应该不会有任何鄙夷。因那些诗句中原本该有的刻骨悲哀因为经受了时间的反复冲洗而变得沉静，如同火山喷发之后的熔岩在河床里砸伤了自己，用几百万年的光阴沉积为页岩当中的薄薄一页，不经意间诉说沧海桑田。

年少的我最喜欢《悼念集》中的这样几句：“相信没有一条小虫会被白白劈斩，没有一只飞蛾会以生命追求徒然，它不会在毫无意义的火焰中凋零枯萎，更不会仅仅为别人作了奉献。”这几句诗颇有几分玄幻色彩地道出了人生神奇的使命感，丁尼生应该是想到哈勒姆的早逝一定存着什么宿命的原委，甚或某种人类不可获知的命运深意。那个时候，我还想不到太多，只是模糊地觉得这诗句很有几分振奋的力量，仿佛特地为我揭示了某种隐瞒了许久的真相似的，在那个刚刚开始思考人生意义的年纪赋予了我人生的意义，让我相信任何一个生命，哪怕是最渺小的小虫和飞蛾，都不会白白地生、白白地死。

这几句诗，出自《悼念集》的第54首：

我们还是相信，无论如何，
无论是大自然的苦难还是意志的罪愆，
无论是信仰的裂痕还是血迹斑斑，
所有的恶，终于不过是善的一环。

相信万事万物都有其目的，
当创世的上帝完工的时候
没有一个生命会被废弃，
会被当做垃圾投入虚无。

相信没有一条小虫会被白白劈斩，
没有一只飞蛾会以生命追求徒然，
它不会在毫无意义的火焰中凋零枯萎，
更不会仅仅为别人作了奉献。

看哪，我们不是每件事都懂，
但我还是相信，等到很久以后，
等到世界的终点，等到每一个冬天变成春天，
一切都会走向美善。

我的梦就是如此狂奔，但我又是何人？
是夜晚里一个哭号的孩子，
是哭号着想要光亮的孩子，
只有哭声，没有语词。

Oh, yet we trust that somehow good
Will be the final goal of ill,
To pangs of nature, sins of will,
Defects of doubt, and taints of blood;

That nothing walks with aimless feet;
That not one life shall be destroy'd,
Or cast as rubbish to the void,

When God hath made the pile complete;

That not a worm is cloven in vain;
That not a moth with vain desire
Is shrivell'd in a fruitless fire,
Or but subserves another's gain.

Behold, we know not anything;
I can but trust that good shall fall

[英]威廉·戴斯《派格威尔湾，回忆1858年10月5日》(Pegwell Bay, Kent, a Recollection of October 5th, William Dyce, 1858)。

At last — far off — at last, to all,
And every winter change to spring.

So runs my dream: but what am I?
An infant crying in the night:
An infant crying for the light:
And with no language but a cry.

一直到我成年之后，才明白丁尼生的这首诗其实根本就不是字面上的意思，换句话说，它其实一点都不激励人心。当诗人说着我们无论如何还是要相信什么的时候，其实已经暗示出了他自己的态度——并不相信，只是觉得必须去相信罢了。就像康德，明明已经在深刻的怀疑里消解了上帝，却为了善的目的，不得不把上帝迎回。

丁尼生所吟咏的，正是西方哲学史上的一个经典母题：万事万物都在向着某个目的运动，或许那个目的就是上帝本身，上帝创造了万物，万物又在时间的漫长轴线上不断地接近上帝，直到复归于上帝。这里边既有亚里士多德的目的论，又有普罗提诺的新柏拉图主义哲学，断断续续地在一千多年的时间里主宰着西方智识阶层的心理。

近现代的哲学家们早已抛弃了这一套过于理想主义的形而上学，越发倾向于把我们的宇宙看成是一种盲目的存在，像《鲁拜集》的小诗所说的那样："不知何往，也不知何由。"丁尼生在维多利亚时代的怀疑主义思潮里，早已学会了如何怀疑，他从不是一个守旧的人，甚至可以说是一个过于理性的人，理性得简直不应该去做诗人。早在达尔文《物种起源》出版的九年前，丁尼生就已经提出过朴素的进化观了。

或者不如说，在达尔文的理论诞生前，一种朦胧的进化认识已经弥漫在欧洲的智识阶层中间，尤其是在人文领域之中，丁尼生那颗易感的心较早地被它触动罢了。

于是，丁尼生之所以在诗稿中不断强调“相信”，是因为理性早已让他不再相信，而情感又逼迫他必须去信：

他相信上帝与仁爱一体，
相信爱是造物的最终法则，
而不管自然的爪牙染满了血，
叫喊着反对他的教义。
（《悼念集》第 56 首，节选，飞白译）

Who trusted God was love indeed
And love Creation's final law-
Tho' Nature, red in tooth and claw
With ravine, shriek'd against his creed-

这不仅是文学意义上的必需，甚至也该是哲学上的必需。若是由着天文学的研究惊碎了群星的耳语，若是由着解剖学的研究分割了女神的肢体，那么我们活着究竟还有没有意义，还有没有任何美丽，还有没有一点属灵的特质来抗拒地心引力?

【诗艺小札】

独白诗的传统

中国读者不很习惯《提托诺斯》这种所谓的独白诗，而在西方的传统里，独白诗有着很特殊的美学渊源。柏拉图和亚里士多德都注意到荷马史诗的一种叙述手法：诗人有时候在用自己的声音说话，有时候却模仿着诗中的角色，以角色的口吻说话。

亚里士多德写过一本《诗学》，至今仍是西方文论专业的必读书，书中提出一个著名的命题——诗歌起源于模仿——“诗一般来说似乎有两个起因，各个深藏于我们的天性。首先，人类从孩提时代就具有模仿的本能，他和其他动物的区别之一，就在于他是最善于模仿的生物。通过模仿，他得到了最初的知识。其次同样普遍的，是模仿的作品中我们感到的快感。经验的事实证明了这一点。有些东西本身看上去给人痛感，而当它们被栩栩如生地再现出来之后，我们却乐于观看——诸如最可鄙的动物的形貌和尸骸。究其原因依然是快乐莫过于求知，不仅哲学家是这样，一般人亦然，虽然他们的求知能力相当有限。”

既然诗歌起源于模仿，那么顺理成章的是：“荷马有许多地方值得称赞，其中之一在史诗诗人中也独树一帜，这就是他很好地把握了他作为一个诗人的位置。因为诗人应当尽量少用自己的身份说话，否则他就不是一个模仿者了。”

在亚里士多德看来，诗人就像演员，应该擅长扮演各种角色才对。平庸的诗人永远只会表演自己，向听众灌输自己那一成不变的声音，高明的诗人会把自己隐藏起来，让峰回路转、跌宕起伏的故事自己说话，这正是荷马的传统。

［英］劳伦斯·阿尔玛-塔德玛《阅读荷马》（A Reading from Homer, Sir Lawrence Alma-Tadema, 1885）。画面描述的是一场荷马诗歌朗诵会的情景，这是古罗马常有的场面。朗读者手持纸卷，却不是逐字逐句照本宣科，而是脱开稿本，绘声绘色地向听众“表演”。听众便也听得出神，生活遽然移至了别处。

08 野芦苇与玫瑰的意义：丁尼生和他的诗（Ⅱ）

当野芦苇就那么开出了花，
我们该从中读出怎样的教益？
究竟还有怎样的道德价值
锁在了玫瑰的花苞里？

——［英］丁尼生《白日梦》

1

人生总是需要励志。在我最晦暗的一段日子里，有朋友曾这样鼓励我："你已经把最坏的日子都过完了，以后一定会一帆风顺的。"当时我想也没想，即刻作答："如果你买了一篮苹果，一连拿出十个都是坏的，你会觉得剩下的一定是好苹果吗？"朋友表情愕然，无言以对。而我，为什么就不能聪明一点，不能聪明到容易受骗的程度呢？

那时候我已经成年，知道了小虫当然会被白白劈斩，知道了飞蛾扑火只是因为生理结构不健全，知道了付出未必会有回报，眼见着有的人辛辛苦苦为人作嫁，眼见着有的人丧尽天良却挣来富贵平安。这时候，我越发懂得丁尼生的痛楚，而我又希望自己还能像少年时代一样天真地从字面上相信他的每一个字、每一句话，无视于“只有哭声，没有语词”的结尾。

2

书读久了，总会收获一些小小的惊喜。从小喜欢推理小说的我早已读遍阿加莎·克里斯蒂的作品，但是直到某一次闲翻英文版，才发现少年时曾爱过的那部《破镜谋杀案》（*The Mirror Crack'd from Side to Side*），它的书名原来出自丁尼生的诗句——那首极负盛名的《女郎夏洛特》（*The Lady of Shallot*）。

《女郎夏洛特》是一首颇有长度的叙事诗，在英国可谓家喻户晓，就像《孔雀东南飞》在中国的地位一样。这个故事是亚瑟王诸多传奇中的一个：在通往卡默洛特（亚瑟王的王宫所在地）的大道上，行人们喜欢张望一座名叫夏洛特的小岛，因为那小岛的四周总是围绕着大片大片的睡莲。这寂静的小岛上有一座灰色的四角楼，少女夏洛特深居于楼上的绣房，几乎从不出门。偶尔，她会从窗口俯瞰宝石般璀璨的睡莲，或者从镜子里小心地窥视，那向着卡默洛特不舍昼夜的河水与通往卡默洛特的大道。而她的幸运，抑或不幸，就从这里开始——那一天，兰斯洛特，亚瑟王圆桌骑士中最传奇的一位，恰恰从夏洛特的窗外经过，驰向卡默洛特。“岸上的本人，河里的倒影，一起映向那水晶的明镜……她离开织机，离开织的网，她三步两步走过她的闺房，她看见睡莲的花儿开放，看见那盔顶的鸟羽飘扬，她望着那卡默洛特。那网飞出窗，直朝远处飘，那镜子一裂两半地碎掉……”

爱情就这样翩然而至。突然碎裂的镜子，象征夏洛特静若止水的灵魂，传来第一次战栗。夏洛特终于走出了那座灰色的四角楼，找到一条小船，在船头刻上

［英］约翰·威廉·沃特豪斯《“我有点讨厌影子”，女郎夏洛特说》（I am Half-Sick of Shadows, said the Lady of Shalott, John William Waterhouse, 1916）。画的题目直接出自丁尼生的《夏洛特女郎》，闭锁在岛中城堡里的夏洛特看到镜子里映出了一对在河边漫步的情侣，便恹恹地说出了这句话。

自己的名字。她静静地躺在船上，随波漂流，任船和浪花掌握她的命运，用河面上的涟漪追逐岸上兰斯洛特的马蹄踏起的尘土。就这样，夏洛特一路上唱着忧郁而圣洁的歌，向着卡默洛特而去，向着兰斯洛特而去。但她还没漂到岸边的第一幢房子，便在自己的歌声中猝然死去。当小船终于晃晃悠悠进了卡默洛特的码头，人们从船头上拼出了那个秀丽的姓名，兰斯洛特也看到了她的脸庞，忽地黯然神伤：“她长得真美。”

在众人的潜意识中，极致的爱情总与死神相伴。也许是因为唯有死亡可与爱匹敌，如同雅歌所咏唱的一样，“爱的力量可与死相比，情与死的本身一样强烈”。幸好，诗人、小说家、剧作家、导演们不厌其烦地为我们虚构出极致爱情，让我们可以在平淡的幸福中想象凄美，而不必真正地感受它的力量。

丁尼生的诗凄美而悠扬，喜欢用温和的手法表现极端的题材：若是写相伴相守的故事，给一对恋人的时间便不是百年，而是无限，于是有了《提托诺斯》（*Tithonus*）；若是写少女的单恋，便不会是日记里的心事、姐妹中的秘密，而是对镜子里倏忽而逝的影像一见钟情，恋恋地走入死亡，让一具美丽的尸骸进入他漠然无知的视野，于是有了《女郎夏洛特》（*The Lady of Shallot*）；若是写爱情究竟可以等多久，一个亲吻究竟可以掀起多大的波澜，诗人更不甘于写衣带渐宽、红颜渐老，而是不惜借助于魔鬼之力，使一整个王国陷入百年的沉睡，于是有了《睡美人》（*The Sleeping Beauty*）。

《睡美人》原是法国作家夏尔·佩罗（Charles Perrault）笔下的童话，自1697年出版之后衍生出各种版本，而今天最为我们熟悉的那个睡美人的故事，其实就是来自丁尼生的长诗《白日梦》（*The Day Dream*）。

在《白日梦》的开头，一个充满阳光的郁郁夏日，诗人看着心爱的女子芙罗拉陷入梦乡，自己也沉沉地有了睡意，在睡意中经历了一场爱情的历险，而他不知道芙罗拉是否也和自己同样梦见。

于是有了《睡美人》（*The Sleeping Beauty*）的一章，讲述如今每一个人都已经烂熟于心的故事，讲述每一个少年都曾期待过的冒险，以及每一个少女都曾在睡梦中期待过的轻柔得将将足以唤醒自己的吻——然后，睁开眼时，看到王子俊美的脸。

在梦想中最要紧的是，王子并不是一下子就出现在这里的，他一定是披荆斩棘、历尽险阻，那可爱的笑容里一定掺杂着汗水的味道，白皙而修长的手指上一定还留有被荆棘划过的血痕。一定还有许多人，或王公，或骑士，在他之前来过，但除了他，所有人都狼狈收场：

往日多少人曾竭尽全力，
想穿越荆棘丛生的隘路；
如今只留下枯干的尸体
或者乱撒在草上的白骨。
他望着这些无声的死者：
“他们因无畏的追求丧命。”
他脑中有一句成语闪过：
“许多人失败，一个人成功。”
（黄杲炘译）

The bodies and the bones of those
That strove in other days to pass,
Are wither'd in the thorny close,
Or scatter'd blanching on the grass.
He gazes on the silent dead:
"They perish'd in their daring deeds."
This proverb flashes thro' his head,
"The many fail: the one succeeds."

故事的结局皆大欢喜，王子不负自己那一番舍命的辛勤，公主不负自己那一番百年的等待。在丁尼生几乎能唱出旋律的诗句里（这尤其显出阅读原文的必要），有多少爱与欢乐的语无伦次：

“为了再得到你那种热吻，
亲爱的，我愿再睡一百年。”
“要永远醒着，哦爱人爱人，
吻就是这样这样。”她听见。
一阵阵清风朝他们吹来，
一颗颗流星掠过了头上，
透过一道道金色的云彩，
缕缕的曙色融合为晨光。

“哦欢乐的眼睛久久安眠！”
“哦欢乐的安眠转瞬无踪！”
“哦欢乐的吻唤醒你安眠！”
“爱人哪，你的吻起死回生！”
他们的头上，涌动的雾气
像海浪，托着小船般新月，
但经过几度嫣红色交替，
销尽的暮色沉入了漆黑。

"怎可能一百个春秋过掉！
现在告诉我，你要去哪里？"
"随我去我父亲那个王朝，
那儿有许多的奇景胜迹。"
他们翻山又越岭地远去，
登上了紫莹莹的山脊巅峰；
度过了白天，经历了黑夜，
她走遍世界伴随着恋人。
（黄杲炘译）

"I'd sleep another hundred years,
O love, for such another kiss;"
"O wake for ever, love," she hears,
"O love, 'twas such as this and this."
And o'er them many a sliding star,
And many a merry wind was borne,
And, stream'd thro' many a golden bar,
The twilight melted into morn.

"O eyes long laid in happy sleep!"
"O happy sleep, that lightly fled!"
"O happy kiss, that woke thy sleep!"
"O love, thy kiss would wake the dead!"

And o'er them many a flowing range
Of vapour buoy'd the crescent-bark,
And, rapt thro' many a rosy change,
The twilight died into the dark.

"A hundred summers! can it be?
And whither goest thou, tell me where?"
"O seek my father's court with me!
For there are greater wonders there."
And o'er the hills, and far away
Beyond their utmost purple rim,
Beyond the night across the day,
Thro' all the world she follow'd him.

丁尼生的《睡美人》一经发表，立即成为唯美主义诗歌的典范之作。丁尼生自己也在诗歌的“尾声”里发布了自己的唯美主义宣言：

那么，芙罗拉女士，请接受我的这首短诗，
倘若你未在其中发现道德的寓意，
去吧，去拿一面镜子来仔细端详，
告诉我美丽可有什么道德的意义？
当野芦苇就那么开出了花，
我们该从中读出怎样的教益？

究竟还有怎样的道德价值
锁在了玫瑰的花苞里？

So, Lady Flora, take my lay,
And if you find no moral there,
Go, look in any glass and say,
What moral is in being fair.
Oh, to what uses shall we put
The wildweed-flower that simply blows?
And is there any moral shut
Within the bosom of the rose?

是的，在《睡美人》这样一个除了美丽别无其他的故事里，究竟还能找出怎样的意义来呢？诗人对心中的恋人讲了这番话，并且巧妙地恭维了她的美貌，而一切怀有唯美主义倾向的艺术家纷纷从中听出了“嘤其鸣矣，求其友声”的呼唤。所以我们不难理解，为何拉斐尔前派的画家尤其偏爱丁尼生笔下的主题，因为他们都是为美，并仅仅为美而生的，在荆棘丛生的隘路上无畏地前行。而爱，与野芦苇的花儿一样，仅仅是一种自然而然的生发，没有价值，没有意义，没有任何实际的功用，仅仅是一位藏在荆棘隘路的尽头等待你去唤醒的公主——她娇滴滴的，除了美，什么都不能给你。

［英］爱德华·伯恩–琼斯《金阶》(The Golden Stairs, Edward Burne-Jones, 1876—1880)。维多利亚时代的人们喜欢在作品里寻找“意义”，唯美主义者则反其道而行之。诗人与画家彼此呼应，当丁尼生说出“去吧，去拿一面镜子来仔细端详，告诉我美丽可有什么道德的意义”时，深受丁尼生影响的伯恩–琼斯也交出了这幅“只有美，全无意义”的画作。没有故事，没有隐喻，从台阶到乐器，从衣裙的皱褶到赤裸的足踝，一切都是为了美而设计。

【在时光深处遇见】

普吕多姆

（Sully Prudhomme，1839—1907）

/

/

/

法国诗人，世界上第一位诺贝尔文学奖得主，当时批评界巨擘圣·伯夫曾盛赞普吕多姆“在诗中提出新的运动，宣告着有如黎明前的战栗一般的世界”。不过，创造出战栗的诗歌世界的普吕多姆，最擅长的科目却是数学，青年时期的最高理想是成为机械工程师——与玫瑰、百合没有半点联系，诗人普吕多姆终日与算式、线条、齿轮为伍。深厚的科学修养破坏了普吕多姆眼中的诗意，他很清楚，邂逅只是概率问题，洁白的云朵中含有数不胜数的细菌。但是，透过科学的棱镜，普吕多姆才能了解一些秘密，比如太阳不由自主的命运，比如闭上的双眼所能看到的世界，比如千千万万颗星之间相距数亿光年的孤寂。

09 孤独种种

你看到繁星的夜晚，星与星近在呼吸之间，

却不知我们彼此的视线，其实远隔着亿万光年。

——［法］普吕多姆《银河》

1

如果你看到一只猫，孤零零地立在墙头，抬头挺胸，用深邃的目光眺望着某个你说不出的地方，这时候它即使突然说出恺撒的台词“我来，我看，我征服”，你也不会惊异。因为猫就是有这种气质，即便只是简单地蹲坐于窗台上，也令你恍然：这不正是俯瞰下界、睥睨四海的君王吗？而无论你对一只猫多么宠爱，它总是对你若即若离，不肯配合你的行动或喜好。

它们不合群，它们足够高傲。它们从来都是独来独往，却从来不会感到孤独。

但如果你看到一只狼，形单影只地走在铺满月光的旷野上，你或许会一阵心酸：因为那萧索的背影，分明镌刻着孤独。

狼天生是要过群居生活的，狼对人是狼，但是，狼对狼从来都只是伙伴，这真要比“人对人是狼”的人类高贵许多。赫尔曼·黑塞正是在这个意象上写出了他的代表作《荒原狼》，写一个自比荒原狼的男人格格不入地在人类社会里辛苦挣扎。

人满为患的都市于他却是无垠的旷野，他每天在熙熙攘攘中，领悟繁华都会的荒芜。

他也许和我一样，在零星的诗句里为孤独寻找知音。我不晓得他终于找到了谁，至于我，描写孤独的诗，我甚爱普吕多姆的《银河》(*La Voie Lactée*)：

某一个夜晚，我问群星：
你们快乐吗？当你们在无限的幽暗中闪烁，
将广袤的痛楚掩藏在细小的柔情之下，
你们真的快乐吗？

为何我似在天穹看到一支白色的送葬队伍，
许多肃穆的女子，许多忧伤的脚步，
在黑色的街道上缓缓前行，
擎着千千万万支惨白的蜡烛？

你们的祷告莫非无始无终？
你们莫非尽是受伤的星星？
我看到你们的光影晶莹
那莫非只是你们带泪的眼睛？

可你们又有什么忧伤的理由，
你们比神祇更永恒，高远得不染凡俗？
可是，群星回答我说：
我们孤独。

他们说：你看到繁星的夜晚，星与星近在呼吸之间，
却不知我们彼此的视线，其实远隔着亿万光年。
每一颗星的多情与善感，
没有任何一名姊妹真切看见。

你可懂得，你眼中苍白闪烁的小小光点
都是消磨在冷漠太空里的炽热火焰？
于是我回答群星：
我懂得，就像懂得人类的心灵：

就像懂得咫尺天涯的痛，
懂得在拥挤的人群中无限疏远的心。
而你我，一如两颗貌似比邻的星辰，
在永恒的孤独中孤独地烧尽。

Aux étoiles j'ai dit un soir :
Vous ne paraissez pas heureuses ;
Vos lueurs, dans l'infini noir,
Ont des tendresses douloureuses,

Et je crois voir au firmament
Un deuil blanc mené par des vierges
Qui portent d'innombrables cierges
Et se suivent languissamment.

êtes-vous toujours en prière ?
êtes-vous des astres blessés ?
Car ce sont des pleurs de lumière,
Non des rayons, que vous versez.

Vous, les étoiles, les aïeules
Des créatures et des dieux,
Vous avez des pleurs dans les yeux...
Elles m'ont dit : Nous sommes seules,

Chacune de nous est très loin
Des soeurs dont tu la crois voisine ;
Sa clarté caressante et fine
Dans sa patrie est sans témoin ;

Et l'intime ardeur de ses flammes
Expire aux cieux indifférents.
Je leur ai dit : Je vous comprends !
Car vous ressemblez à nos ames ;

Ainsi que vous chacune luit
Loin des soeurs qui semblent près d'elle,
Et la solitaire immortelle
Brûle en silence dans la nuit.

这真是超卓的想象与高明的诗艺，我们乍读之下觉得奇诡，然而稍稍细思，每一个比喻、每一个意象都贴切得如同穿过多年的衣裳。这银河已不复传统诗人眼中的银河，再没有了牛郎织女的望眼欲穿，小小的鹊桥也连通不了亿万光年；那些可怜的西方母亲，再也无法用天后乳汁的故事安抚好奇的孩子了。

古代的诗人们说，伟大的希腊英雄赫拉克勒斯（Hercules）原是宙斯和人间女子所生，出生不久就被雅典娜带到了奥林匹斯山上，偷偷放到熟睡中的天后赫拉的怀里吃奶。小婴儿用力过猛，咬痛了赫拉，赫拉惊醒后匆忙推开了他，一些乳汁因此溅到了天空，这就是人们看到的银河。因此，银河在西方还有一个名字，叫做“奶路”（The Milky Way），而某些不知究竟的中译者将它译成“牛奶路”，想来报复心极重的赫拉一定会感觉受到侮辱了吧。

冷冰冰的现代科学迅速瓦解着浪漫的古代世界，正如爱伦·坡在诗中感叹的那样：“难道不是你把月神戴安娜拉下了马车，/还把那与所居之树同生共死的树神/赶出了丛林？是不是你/把水中的仙女逐出了湍流，/还赶走了草地上的精灵/和我在罗望子树下的梦？”——诗人所嗔怪的“你”，正是大写的“科学”。

正是科学告诉我们，银河里的星星点点并非粼粼波光，而是无数颗恒星的聚集，而这所谓的聚集，任意两颗星之间的距离往往比我们到它们的距离更远；每一颗恒星都是一个火热的太阳，每一秒钟都由核聚变产生出等同无数核弹同时爆炸的能量。但是，你若能在任意一颗星上眺望其他星星，看到的也只不过是微茫的光点而已，闪烁不清，就像我们眼中的银河一般。所以，当我们和恋人一起，在晴朗的夜空下仰望天河的时候，也许不会再像曾经站在这里的古代恋人那般生出浓到化不开的柔情蜜意，但仍有寥寥几个浪漫入骨的诗人，纵然在射电望远镜的图表和微积分的公式里也能为自己寻到一处诗境。他们天生就有摆脱现实的本领，普吕多姆就是他们当中的一个。

普吕多姆《银河》的诗句几乎都是自然科学意义上的写实，他不搭配任何诸如“水泥地上开出的花朵”之类的怪诞意象，偏偏营造出了极为深邃的诗境。

若你知道普吕多姆是个法国人，一定不会感到任何诧异吧。我始终相信，鲜花与巧克力的浪漫无非是世界各地的庸人们共有的浪漫，而法国式的浪漫之所以被特意标榜出来，是因为他们总会在你认为最不浪漫也最不可能有浪漫的地方一如既往地展现浪漫。浪漫只在他们的自身，不在世界上任何一个实存的地点与真切的事物中。

［佛兰德斯］彼得·保罗·鲁本斯《银河》（Milky Way, Peter Paul Rubens, 1636）。画面描绘的是天后赫拉在惊痛中推开了婴儿（赫拉克勒斯），乳汁喷洒成银河。

［德］卡斯帕·大卫·弗里德里希《海边的僧侣》（The Monk by the Sea, Caspar David Friedrich, 1808—1810）。

2

《银河》道出了现代人特有的孤独，那是一种普遍的、如流行病一般在大城市里疯狂蔓延的孤独。古人无法理解我们，因为他们每一个人——即便是远离尘嚣的隐士——也是一个完整的人，不像我们，在复杂到无以复加的社会分工里变成了大机器上的一颗小螺丝，听不懂齿轮的语言，摸不透传送带的心思，生活和眼界被缩减到难以置信的境地。哲学家说，这就是现代社会中人的异化，而异化永远意味着孤独与疏离。

我们亲身见证大城市吸纳人群的速度如同黑洞劫掠光线，人与人站得愈近却相隔愈远。但不要责怪人情凉薄，每个人都是银河里的一颗火热恒星，所有的热度温暖不了别人，仅仅灼伤了自己。这深刻而不可名状的孤独，像一个闪烁不定的恋人若即若离。你看清过你的孤独吗——若你曾在阴霾的海滨远眺天际，可会深陷进那朦胧而不可捉摸的云色，迷失在墨色的恐惧和蓝色的忧郁里？

3

其实，只要你爱过，就会知道一个世界会如何因为一个人——仅仅一个人——的出现而变得斑斓起来。你会惊觉，其实自己一直生活在一座赤橙黄绿青蓝紫缤纷得无与伦比的游乐场里，而某人的出现，只不过是轻轻启动了开关，为整座游乐场通上了电。

这便是伊甸园，所有的人只有亚当和夏娃两个。他们不懂得欺骗和嫉妒，也不曾体味过孤独。我喜欢夏娃对亚当的情话，那是在弥尔顿（Milton）的宏大史诗《失乐园》（*Paradise Lost*）里的一段小小的抒情插曲，在孤独的背面诠释着另一种孤独：

同你谈着话，我全忘了时间。
时间和时间的改变，一样叫我喜欢。
早晨的空气好甜，刚升的晨光好甜，
最初的鸟歌多好听！太阳带来愉快，
当它刚在这可爱的大地上洒下金光，
照亮了草、树、果子、花朵，
只见一片露水晶莹！潇潇细雨过后，
丰饶的大地喷着香气；甜蜜的黄昏
带着谢意来临，接着安静的夜晚
降下，这里鸟在低唱，那里月光似水，
天上闪着宝石，全是伴月的星星。
但是早晨的空气也好，鸟的欢歌
也好，可爱的大地上刚升的太阳
也好，带露的草、果、花朵也好，
雨后大地的芳香也好，温柔的黄昏
也好，安静的夜晚和低唱的鸟，
游行的月亮和闪亮的星光也好，
没有你，什么也不甜蜜。
（王佐良译）

Here, Eve speaks to Adam.

With thee conversing I forget all time,
All seasons and their change, all please alike.
Sweet is the breath of morn, her rising sweet,
With charm of earliest birds; pleasant the sun
When first on this delightful land he spreads
His orient beams, on herb, tree, fruit, and flower,
Glistring with dew; fragrant the fertile earth
After soft shower; and sweet the coming on
Of grateful evening mild, then silent night
With this her solemn bird and this fair moon,
And these the gems of heav'n, her starry train:
But neither breath of morn when she ascends
With charm of earliest birds, nor rising sun
On this delightful land, nor herb, fruit, flower,
Glistring with dew, nor fragrance after showers,
Nor grateful evening mild, nor silent night
With this her solemn bird, nor walk by moon,
Or glittering starlight without thee is sweet.

这是《失乐园》最常被人引述的一段，很难想象恋人间的温存还有什么能够超越这种感觉。王佐良先生对这首诗有过一番颇得我心的点评："生的欢乐，夫

［佛兰德斯］彼得·保罗·鲁本斯，简·勃鲁盖尔《伊甸园》（The Garden of Eden with the Fall of Man, Peter Paul Rubens and Jan Breughel, Figures by Rubens, landscape and animals by Brueghel, 1615）。在所有伊甸园主题的绘画中，我对这一幅有特殊的偏爱。画面上，夏娃正在把苹果递给亚当，作为观者的我们预见到堕落即将发生，这个美丽的园子将再也不会属于他们。画家可以营造伊甸园的美丽，让我们知道，接下那个苹果到底意味着会失去什么。但是，夏娃与亚当分享的那个瞬间，难道不比伊甸园本身更加甜蜜？

妻之间的爱情，夏娃的天真和温柔，不能写得更动人了。然而这段诗又是高度艺术的制成品。请看这后七行浑成一整个长句，意思要到最后才完全，于是‘甜蜜’一词由于它的位置而取得了非凡的强调力量。这满足了——也安慰了——我们读者的期望，同时又使我们感到有点惊讶。在这安慰与惊讶之间，意思更清楚了，又产生了不绝的余音。”

其实吊诡的是，若细细斟酌，亚当和夏娃岂不是世界上最有理由感觉孤独的两个人吗？除了彼此，他们再没有同伴，甚至再没有同类，而一代代的人们，为什么始终执拗地相信伊甸园就是一个值得无限渴慕的乌托邦呢？为什么两个人可以成为对方的全部，为什么仅仅两个人就可以铲除如影随形的孤独？

世界变大了啊，变得太大，每个人都只是他人生命中可有可无的一粒沙尘；人不仅异化，并且同质，人和人变得可以互相取代，无论是同学、同事、丈夫、妻子……如同砂岩风化为沙尘，在这样的世界里，在岁月的销蚀里，坚硬的心破碎成没有颜色的梦、没有温度的汗渍、没有形状的灵魂。孤独，是我们共有之名。

4

我愈发觉得，极致的孤独是一种奢侈品，不属于我辈凡夫俗子、痴男怨女。

我喜欢一部西班牙电影，《城市广场》（*Agora*），历史传记片。那是发生在一千五百年前的故事，地点是北非城市亚历山大里亚，当时全部西方文明的中心。主人公希帕莎（Hypatia）是当时闻名遐迩的第一才女——她并不会写诗，更缺乏婉转的歌喉与入神的画技，所有今人心中的才女形象无一对应得上希帕莎的模样。但她无疑更强，因为她在那个男权当道的世界里，竟然众望所归地做了新柏拉图主义的掌门人，以高超的学术造诣吸引了当时上流社会里教养良好的贵族子弟。

史籍中并未提及希帕莎的容貌，但后人总是把她想象得很美，说她有雅典娜一般的风姿。传说希帕莎把自己的爱完全献给了学术，甚至把沾有经血的丝巾抛给狂热的追求者，以证明自己的“污秽”，冷却对方的炽热。

没有一点浪漫色彩，不是吗？而电影偏偏造出了浪漫得悸动人心的一幕：夜晚的工作间里，美丽的希帕莎躺着出神。她的爱慕者，亚历山大里亚的总督紧挨她坐着，轻柔地握住她的手；希帕莎望向星空，用爱情专属的声音轻声说：“若我能够揭开宇宙的谜团，只要揭开一点点，我就会死而无憾，像所有幸福的女人一样。”总督没有得到他想要的答案，他满怀失落与不解，悻悻地问她：“为什么？这些事真有那么重要吗？”希帕莎抑制不住，亢奋地坐了起来：“就在此时此刻，就在我们现下的这一秒钟里，整个大地可能正在运动着，但没有人明白，这秘密只有你我两个人知道。”

我不曾听过比这更加浪漫的情话，若有一名男子愿意把天空与大地的奥秘、宇宙与诸神的奥秘拿出来和我分享，仅仅有我们两个人分享，那么，无论这秘密是甜蜜抑或恐怖，都会一般无二地打动我的灵魂。

希帕莎或许不曾如我一样想过，但就在道出那句“情话”的时候，她的声音越来越轻柔，眼神也充溢着爱情。然而，她的那个英俊的仰慕者，那个本该因此而更加爱她的人，仿佛听到了什么傻话似的。

总督曾是她的学生，为了对她的爱与忠诚不惜背弃整座城市的民意，但即便是他，也分享不了她的爱恋与秘密。还有哪一个人，孤独得比希帕莎更加刻骨？

愈深刻的孤独便有愈惨痛的代价。罗素的《西方哲学史》在论述5世纪亚历山大里亚的宗教运动时提及了希帕莎的结局，事情要从一位著名的圣徒说起：“圣赛瑞利，神人一体论拥护者，是一个狂热分子。他曾利用身为大主教的职位，

［意］拉斐尔《雅典学院》（The School of Athens, Raphael, 1510—1511）局部。画面上那个白衣胜雪、悠然回眸的女子就是希帕莎，这是拉斐尔以自己的情人为模特画就的。想来拉斐尔应对希帕莎怀着某种程度的恋慕，否则怎会安排她拥有自己情人的面孔？

［法］威廉·阿道夫·布格罗《抵挡小爱神的少女》（A Young Girl Defending Herself Against Eros, William Adolphe Bouguereau, 1880）。这幅画立意甚奇，在阅读希帕莎的故事之前，我完全不能理解它。

几次煽起对犹太人的集体屠杀，加害亚历山大里亚城中大片犹太侨民区中的居民。他的名声主要是借着施加私刑于一位杰出的贵妇人希帕莎而获得。在一个愚顽的时代里，她热心依附于新柏拉图哲学，并以她的才智从事数学研究。她被人‘从二轮马车上拖将下来，剥光了衣服，拉进教堂，遭到读经者彼得和一群野蛮、残忍的狂信分子的无情杀害。他们用尖锐的蚌壳把她的肉一片片地从骨骼上剥掉，然后把她尚在颤动的四肢投进熊熊的烈火。公正的审讯和惩罚终因适时的赠贿而消弭于无形。’从此以后，亚历山大里亚便不再受到哲学家们的骚扰了。”

罗素那段令人触目惊心的引文出自爱德华·吉本的皇皇巨著《罗马帝国衰亡史》，我特意在相应的章节里查阅，逐字逐段地印证着银幕上那位美丽女子的孤独一生。善意的电影导演给希帕莎安排了另一种结局，让一个终生爱恋她的奴隶将她抱在怀里，捂住她秀丽的口鼻；他为这个惊悸无依的女子免除了漫长的污辱，给了她最后一点点尊严。

而那位圣赛瑞利，使我印象最深刻的却是这样一个小小的细节：“他那风度翩翩的姿态使得讲道更为生动，清脆悦耳的声调在大教堂吸引更多的听众，他的朋友被安排在适当的位置，好引起或附和大家的掌声。书记员用仓促的记录保存他的讲道辞，可以就效果而非文采与雅典的演说家一比高下。”——这是怎样一个狡黠的人啊，用现代才有的传媒技巧征服着一千五百年前的芸芸众生。

5

越是聪慧的男人越有爱上希帕莎的可能。因为愚钝的男人总是喜欢愚钝的女人，只有聪慧的男人才能体会，聪慧其实才是女人最性感的武器。所以，若有诗人幻想与希帕莎相遇，应该算是再正常不过的想法了吧。

我爱读塞缪尔·凯茨（Samuel Katz）的《希帕莎》（*Hypatia*），幻想自己是一个爱上了女老师的学生：

因为爱慕你的才华，
便想做你思辨的对手，心智游戏的玩伴。

而你的奇思竟致我灵魂眩晕，
在短暂的盲聋之后，我只想更多地听见……

但我讲过吗，你是我毕生遭遇中最美的女子。
抱歉，让我们回到正题，你刚刚在讲的奇思。

可为何我就是无法凝神，
不愿错失每一眼中你拳曲的发卷、轻柔的眼神——
那咫尺之遥的美丽比你的哲学更真。
还有，你翻动书页的优雅手指，你躺在静谧里读书的样子，
在日蚀的光影下如斯魅惑，让我忘记了应当解答你画出的算式。

这或许就是心猿意马，
阿佛洛狄忒恍如雅典娜一般说话？
那么，我是否可以在崇拜智慧女神的同时
让爱神也把我的献祭收下？

我喜欢随着你的思路
去懂得你心智中的一切历史与将来。
而我听到了你的问话，却不知道该怎么回答，
因为原拟的反驳与诘难，未曾出口便突然咽下。

若你慢些，我便会随你走进那个无窗的房间，
从我刚刚弄出的天花板的缝隙看向外边。

我还读过你著的书，
知道你的话语时时被人引述。
也许当某天我再不会为你出神，
才可以静静倾听你智慧的声音。

I admire your intelligence,
I really do.

All your philosophy, and thought.
all your names.

I love to discuss them with you,
I love to play those mental games.

Oh, how your ideas
blind my minds eye.
I want to hear more
I really do.

And did I mention,
you're the most beautiful person I know.
Sorry, for going off topic,
as far as your ideas go.

But I can't help but notice,
your tender eyes,
and waving hair.
They are real to me,
even with my minimal vocabulary skill.
And your gentle hands
that turn the pages
you read while you lie calmly
under the eclipsed sun.
I notice that too,

even though
I can't formulate the question
it's supposed to respond to.

I am juggling thoughts
or perhaps I'm rotating
minds.
Listening to Athena in your voice
and Aphrodite in your eyes.
Can I worship more than one Goddess? ,
Or maybe I can just do one sacrifice.
I wonder how many pantheons I can call my place,
As my thoughts and visions grow to proportions
I've yet to learn to embrace.

I like to stick to your ideas
and your intellectual feats.
Directing my attention
to your novel claims
and accomplished tasks.
I hear what you ask,
I have an answer,
but I can't say it.

Because my planned explosion
has just imploded
in the frontal cortex of my juggling brain.

If you would slow down
I would follow you
to your windowless room.
And I'll look out through the
crack in the ceiling I just made.

And I'll also read some of your books
I know you are mentioned in quite a few.
I'll try to concentrate on what they say,
if I manage
not to get distracted by you.

［意］提香·韦切利奥《天上的爱与人间的爱》(Sacred and Profane Love, Tiziano Vecellio, 1514)。这幅画的标题并不是画家自己取的，而是两百多年后的人们对它的道德解读：左侧的白衣女子象征世俗之爱，右侧的裸体女子象征神圣之爱，前者易逝而后者永恒。事实上，提香的本意是同时赞美这两者的。巧合的是，提香和他的小圈子也属于新柏拉图主义，他们像希帕莎一样热衷于世俗的学问与艺术，他们相信，对世俗之美的沉思可以使人领悟到神圣宇宙的完美秩序。所以，我一直觉得这幅画是对希帕莎的双重解读：在另一层意义上，对世俗知识的渴望便是她的神圣之爱，她为它舍弃了两情相悦的世俗恋歌。

6

总督没有得到他想要的答案，他带着失落与不解地问她："为什么？这些事真有那么重要吗？"——他一脸丧气的样子，不明白为何他的人间之爱总是被她的天上之爱撞得粉碎。她只想要宇宙中极微极微的一点真理，而他，以及他们，已经不堪重负了。

我喜欢一首小诗，叫做《请不要给我全部的真理》(*Don't Come to Me With the Entire Truth*)，作者是当代挪威诗人奥拉夫·豪格（Olaf H. Hauge），若献给希帕莎和她的时代，献给所有因怯懦而远避孤独的人，应该再合适不过：

请不要给我全部真理。
不要因我口渴便给我海洋，
也不要给我天空，若我只请求细小的光亮。
我要的实在少极，只如鸟儿啄走星星水滴，
微风卷去一颗盐粒。

Don't come to me with the entire truth.
Don't bring me the ocean if I feel thirsty,
nor heaven if I ask for light;
but bring a hint, some dew, a particle,
as birds carry only drops away from water,
and the wind a grain of salt.
(Translated by Robert Bly)

这样的一首小诗，你可以当它是轻盈的情歌，也可以当它是浑厚的史诗。如此广大的歧义空间任人猜想，这难道不正是诗歌的魅力所在吗？

希帕莎听不到这支歌了，同样的，我们也再听不到她心里的歌。这位生于美丽、死于惨恻的才女，她毕生所执著的天上之爱——那爱的印记，那些手稿与书卷，早已被刀剑、火炬和尘土彻底销毁，一如她赤裸而残缺的尸体。希帕莎的智慧结晶，已在各种破坏中消失殆尽。在漫长的一千五百年之后，我们亦全然不知，究竟是希帕莎的真理战胜了时间，抑或时间战胜了希帕莎的真理？所以，我们甚至无法像称道哥白尼和伽利略一般，给予她相称的哀荣，只有听任她的灵魂永远地孤独下去，直到时间的尽头、宇宙的终局。

［法］弗朗索瓦·罗莫瓦《时间从虚伪与妒忌的手中救走真理》(Time Saving Truth from Falsehood and Envy, François Lemoyne, 1737)。倒在地下的两人分别象征着虚伪与妒忌，而时间之神手执镰刀，扮演“真理解救者”的形象。

［法］让·弗朗索瓦·特鲁瓦《寓言：时间揭示真理》(An Allegory of Time Unveiling Truth, Jean-François de Troy, 1733)。在这幅罗可可风格的绘画里，手执镰刀的时间之神揭开了真理女神的头巾——这是人类永恒的向往，向往时间终会证明一切。孤独的先知信仰时间，如同虔诚的百姓信仰宗教。

【在时光深处遇见】

穆旦

（1918—1977）

/

/

/

中国诗人、翻译家，许多现代文学专家推其为“现代诗歌第一人”。穆旦从 11 岁开始写作，数十年笔耕不辍，既为内心世界踯躅沉吟，也为家国兴亡振臂高呼；既发“祖先们的血汗化成了轻烟”之类的壮声，也作“你看不见我，虽然我为你点燃”一般的绮语……他是天生的诗人，直至 1958 年，政治形势改变，穆旦遂放弃创作，转而投身诗歌译介。待十九年之后，他再次拾起创作的笔来，却已到了生命尽头，唯一的随葬品是他心中那些还未唱出来的歌。在世人看来，穆旦保持了近二十年的缄默；但是在我看来，在他翻译的句子里——诸如“趁现在时流还平静，作你的梦吧——且憩息，等醒来再哭泣”，或是“告诉我，星星，你的光明之翼在你的火焰的飞行中高举，要在黑夜的哪个岩洞里，你才折起翅膀？”——他每一天都在借别人的喉咙呐喊。

10 普通生活：从穆旦到普希金（Ⅰ）

但如今，突然面对着坟墓，
我冷眼向过去稍稍回顾，
只见它曲折灌溉的悲喜
都消失在一片亘古的荒漠，
这才知道我的全部努力
不过完成了普通的生活。

——穆旦《冥想》

1

1987 年，《诗刊》刊出了“穆旦遗诗六首”，在那个年代的诗歌爱好者中间，这不可不谓一件大事。

那个年代想起来简直恍如隔世，报刊亭里还没有任何时尚类杂志，像《诗刊》这样打扮得朴朴素素、已经被今人遗忘的读物，当时却煊赫地被摆放在最醒目的位置上，同一列的还有《十月》、《收获》这样的大部头。当然，这都是文艺青年的读物——那时候，“文艺青年”这个词还没有任何贬义——普罗大众喜欢看的是《读者文摘》（后来更名为《读者》）、《知音》和《故事会》，这是多年来销量名列全国三甲的期刊。

就连小学生每个月都会关注一下家门口的那个报刊亭，那里会有《少年科学画报》、《我们爱科学》、《少年科学》，还有被1985年哈雷彗星回归带热的《天文爱好者》。如果这个小学生已经有了一点文学趣味，那么他就会买《东方少年》、《少年文艺》或者《儿童文学》，后者因为是郑渊洁"舒克和贝塔"系列童话的首发园地，在相当长的时间里受到小孩子们的热烈追捧。

这样的一个小孩子，有时候也会生出一点好奇心来，想看看成人世界的"文学"究竟是什么样子。那时候，如果他手里还有一点点零花钱的话，偶尔会买一本《诗刊》来看。他并不是对诗歌抱持什么特殊的热情，只是因为《诗刊》相对便宜罢了。

这个小孩子，此刻就陷在我对面的沙发里，双手交叠在身前，徒劳地掩饰着一则巨大的丑闻——他那发福的肚子，他眼角已经见了皱纹，发际线也早在时光大军如影随形的攻击下节节败退了。一个人独力对抗上万个日子，当然会是寡不敌众的局面。

他说，那应该是1987年2月，他买了当期的《诗刊》，然后，发现自己全然看不懂里边在讲什么。他怀疑地下党是不是就用这种刊物传递情报，只有掌握了密码规则的"自己人"，才晓得这些排列古怪的铅字究竟传达了什么信息。

所以，不到一刻钟的时间，他就把这本《诗刊》抛至九霄云外。但就在那天晚上，他看到父亲，似乎从来不读什么书的父亲，对着摊开的杂志轻轻哽咽。这景象令他恐惧，他害怕父亲晓得其中的密码，恍惚间甚至怀疑起父亲的身份来。偷眼看去，摊开的那页上恰有醒目的标题：穆旦遗诗六首。这事给他印象太深，以至于在多年之后他还特地向父亲求证，但父亲只是说没想到穆旦还在写诗，却无论如何都不肯解释自己当初落泪的理由，并祝福儿子永远都不会懂得这个不肯说出的理由。

［法］休伯特·罗伯特《古老的桥》（The Old Bridge, Hubert Robert, 1775）。艾米·洛威尔曾用法国风景画家罗伯特的这幅作品来阐释诗歌的翻译：“如同一座桥连通了两岸，翻译连通了两种语言和文化，但是，只有像这样一座古桥才会真正混同在两岸的风景之中，每个人都注意不到它，两岸的人都觉得它是自家地界的一部分，任你自如地打水、洗衣甚至居住。这是翻译的最高境界，而对于诗歌翻译，这简直是可望而不可即的。”几十年来，中国的翻译界颇有几座这样的古桥，穆旦（查良铮）便是其中的“一座”。

2

穆旦的拥趸们，皆认为穆旦是现代中国唯一当得起“独立诗人”这个称号的人。他不是任何文学奖的得主，他恰在诗歌创作的黄金年华时，彻底放弃了诗歌创作，改行做起了翻译。任何一个头衔总是意味着某种不菲的代价，这代价也许是傲人的天赋、不懈的辛勤、无耻的逢迎、咋舌的贿赂，但任何头衔的代价都不会比“独立诗人”的代价更加昂贵。

诗人唐晓渡回忆自己参加过的一次《诗刊》研讨会，在会上，老诗人邵燕祥讲了一句“很可能是这次会议上最有分量的话”。他说，我们所需要的，应该是真正的百花齐放，而不是一种花开出一百朵不同的样子来。

穆旦早就晓得，要想做这世界上的第二种花，在那个时代所要付出的代价就是收敛花苞，不向世人绽放。对于一个生来就是为了歌唱的人，这样的选择远痛于死亡。

穆旦于是做了一名翻译家，在别人的诗句里释放自己的诗意。他翻译的《叶甫盖尼·奥涅金》，普希金杰出的诗体小说，曾经影响过太多的人。若你也是当年的一名普通读者，在你欣喜于有珍珠可以收获时，是否想到其实你已经永远地丢掉了钻石呢？

事实上，仍然有钻石零星地埋在泥土里边，1987 年的那一期《诗刊》其实就向我们揭示了线索。曾读过穆旦妻子的回忆，说在 1976 年之后，她发现丈夫又有了写诗的念头，赶忙阻止了他：“他无可奈何地点点头。我后来愧恨当时不理解他，阻止他写诗，使他的夙愿不能成为现实，最后留下的二十多首绝笔，都是背着我写下的。他去世后，在整理他的遗物时，孩子们找到一张小纸条，上面写着密密麻麻的小字，一些是已发表的诗的题目，另外一些可能也是诗的题目，没有找到诗，也许没有写，也许写了又撕，永远也找不到了。后来我家老保姆告诉我，在良铮去医院动手术前些天，字纸篓里常有撕碎的纸屑，孩子们也见到爸爸撕了好多稿纸。当时只要他谈到写诗，我总是加以阻止。一想起这些，我就非常后悔。这个错误终生无法弥补。他常说：‘一个人到世界上来总要留下足迹。’”

“一个人到世界上来总要留下足迹”，这是穆旦常说的话，他这一生也确实闯下了不小的事业，看来真是煞费苦心地要实践这番话似的。只是，在他临去之前，是否还继续着这样的执念呢？从他最后的诗句里，尤其是“穆旦遗诗六首”中最为传诵的那首《冥想》，总让我想起乔治·弗雷德里克·瓦茨的两幅似乎意境冲突的画来：一幅是《消逝》，一幅是《希望》，这两幅饱含隐喻的哲理画应该正可以配上穆旦的《冥想》吧？有时候，我觉得这两幅画的题目也许搞反了，因为在同样沉郁的画面上，《消逝》并不比《希望》更显哀伤。

［英］乔治·弗雷德里克·瓦茨《消逝》(Sic Transit or Thus All Things Pass, George Frederic Watts , 1890)。石榻上平躺着一具尸体，被苍白的尸布严严实实地包裹，正在等待入殓。画家刻意在死者的身旁以稍微明亮的颜色布置出书本、乐器、长矛、盾牌、盔甲，暗示它们死去的主人是怎样一位勇敢而风雅的骑士。但是，那又有什么意义？死神终究带走了一切。

［英］乔治·弗雷德里克·瓦茨《希望》（Hope, George Frederic Watts, 1886）。这是瓦茨最著名的作品，画中女子坐在一个类似地球的圆球之上，衣衫褴褛，双目蒙蔽，憔悴至极；而她怀中的竖琴，七根琴弦仅余一根。这幅画实在令人困惑：那女子仿佛就是因为受尽折磨而无奈噤声的缪斯，但画题偏偏叫做《希望》，这究竟是一种执拗，还是一种讽刺？

抑或，哀恸的画面中确有一线希望：女子将全身紧紧倚在竖琴上，竖琴孤独而脆弱，难以支撑；但她仿佛已获极大的力量，神情安详。站不起，又如何？看不见，又如何？乐器破碎，那又如何？终有一天，她会用仅余的一根弦，演奏出辉煌的乐章。而那纤弱的一线，我想，便是瓦茨所谓的希望。

3

穆旦原名查良铮，出身于浙江海宁查氏名门。海宁查氏最出名的人物当属查良镛，他把名字里的“镛”字拆开用作笔名，便是“金庸”；查良铮和查良镛是同族兄弟，将“查”字拆开用作笔名，便是“穆旦”（木旦）。穆旦这名字只用来写诗，自 20 世纪 50 年代由诗人转为翻译家之后，他便恢复了查良铮的名字。所以很长时间以来，人们知道有个叫穆旦的诗人，也知道有个叫查良铮的翻译家，却不知道他们其实是同一个人。

青年时的穆旦曾随西南联大南下云南，那时正是抗战时期，家国之忧、险恶处境，都刺激着诗情的泛滥。那个时代自有那个时代的浪漫：世界级的文学教授燕卜逊长期在西南联大执教，美国最负盛名的大诗人奥登正像一名战地记者那样考察着中国的战场。中国的年轻学者在纷飞战火中写作新诗，在广袤的荒野上无拘无束。

在生命最后的日子里，穆旦不知道会怎样回想曾经青春的一幕呢？他也许从炽烈的诗人蜕变为冷静的哲人，小心翼翼地写下了一些也许不该写下的话，一如最后的《冥想》：

（1）

为什么万物之灵的我们，
遭遇还比不上一棵小树？
今天你摇摇它，优越地微笑，
明天就化为根下的泥土。
为什么由手写出的这些字，

竟比这只手更长久、健壮？
它们会把腐烂的手抛开，
而默默生存在一张破纸上。
因此，我傲然生活了几十年，
仿佛曾做着万物的导演，
实则在它们长久的秩序下
我只当一会儿小小的演员。

（2）

把生命的突泉捧在我手里，
我只觉得它来得新鲜，
是浓烈的酒，清新的泡沫，
注入我的奔波、劳作、冒险。
仿佛前人从未经临的园地
就要展现在我的面前。
但如今，突然面对着坟墓，
我冷眼向过去稍稍回顾，
只见它曲折灌溉的悲喜
都消失在一片亘古的荒漠，
这才知道我的全部努力
不过完成了普通的生活。
（1976年5月）

“这才知道我的全部努力 / 不过完成了普通的生活”，这语气究竟是自嘲还是苍凉呢？年轻时作为诗人的穆旦，考上过清华大学地质系，转读过外文系，继而又赴美国芝加哥大学研习了英美文学和俄罗斯文学，一路向文学的殿堂高歌猛进。而年迈时作为翻译家的查良铮，督促大女儿学习英语的动机，仅仅只是因为：“掌握一门外语，至少可以翻译点东西，可以混口饭吃。”

避席畏闻文字狱，著书都为稻粱谋。不曾有过理想的人，永不知道这样的伤口究竟能有多痛。

4

穆旦翻译的《叶甫盖尼·奥涅金》是我少年时最喜爱的文学作品之一。但后来我才知道，那时候我读的只是简化版本，仅仅收录了诗歌正文，删掉了穆旦所做的大量注释。不过这也算不得什么遗憾，少年时的我若面对的是一本满是注释的大部头，定会望而却步，继而与那些栀子花一般的诗歌失之交臂。

穆旦在注释上下过极大的工夫。他说，拜伦和普希金的诗如果没有注释，读者是不容易看懂的。但他的注释总在出版时被删掉，出版社确实很会为读者考虑啊。

我时常疑惑，不理解穆旦为何对普希金情有独钟，照理说他们并不是同一类人。也许是穆旦羡慕普希金吧，后者身上有一些他所没有的品质——比如说，普希金很会使用省略号。

如果不加注释的话，普希金的省略号当真是中国读者看不懂的。我后来看过《叶甫盖尼·奥涅金》的几个不同译本，省略号都像一个个喜剧演员那样横亘在书页与书页之间，一幕与一幕之间，有的和没的之间。总之，出现得毫无章法，连插科打诨的角色都算不上。

后来逐渐了解到，在当时的俄罗斯，一本书的作者总要和这本书的文化审查官发生龃龉。譬如在帕维尔一世时代，规定过十三个“带有革命色彩”的禁用词。这个数字虽然小得可怜，但荒唐的是，连“祖国”一词都是被禁用的，只能用“国家”替代——作者和审查官都变成了刻意抹杀祖国的人。

也有一些审查官名垂青史，譬如彼得堡有一位叫做比鲁科夫的审查官，普希金的大部分作品都要经过他的审查。普希金写过一首题为《寄语书刊检查官》的长诗给他，称他为“缪斯的阴郁的监守，我长期的压制者……像讨厌的太监在缪斯中间游荡”，然后假托比鲁科夫回答说：“您说的都对，我没法和您争辩……我只是个可怜的人，而且还有妻子和儿女。”

那时候的审查官也并不好做，因为平头百姓写书出版还是相当罕见的事情，乐于著述的通常是受过良好教育的贵族，他们可不是随便任人欺凌的小角色。

最终，审查官总要删去若干段落，以

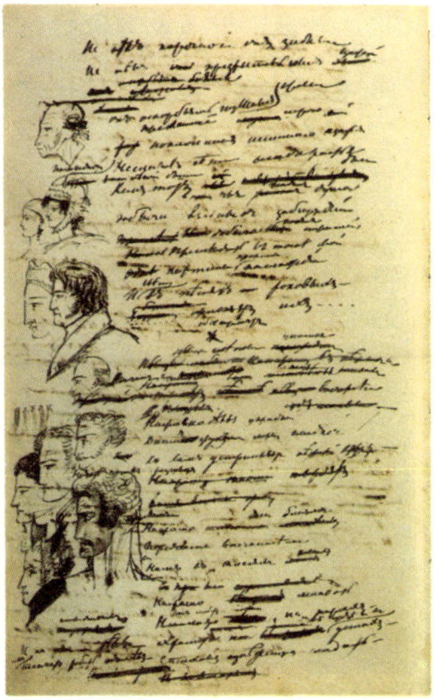

普希金很喜欢在自己作品的草稿上草绘出角色的形象，这一张便是《叶甫盖尼·奥涅金》第二章的一页草稿，一般认为第三排的那位长发男子就是故事的主人公：叶甫盖尼·奥涅金，俄罗斯文学中的第一个“多余人”的形象。其实，这模样与普希金本人很是相似。后来的画家和演员在表现奥涅金这个形象的时候，几乎都会参照普希金这一草草勾勒的页边速写。

示自己的俸禄没有白拿；而作者之于作品，正如母亲之于婴儿，总不忍见它一生下来就带着残疾，但又实在拗不过文化审查制度，便常以省略号标记出被删节的位置，一来方便亲朋好友传抄被删节的内容，二来提醒读者：如果你觉得上下文逻辑混乱，或者行文的演进轨迹近乎愚蠢，那么请你一定要小心分清哪些是作者的责任，哪些是审查官的责任。

有一件事是显而易见的，即审查官的文化修养普遍低于书籍作者。而那些需要特别加以审查的内容，譬如要求文章必须维护沙皇专制或维护农奴制，等等，

1908 年俄文版《叶甫盖尼·奥涅金》封面，画中男子便是主人公叶甫盖尼·奥涅金。我们可以比较一下这个形象与普希金在手稿中草绘的奥涅金的头像，封面中的奥涅金散发着慵懒而浪漫的气息，而草绘的那个奥涅金则线条硬朗，使人可以清晰地触摸到他灵魂中的倔犟。

渐渐地，就连文化修养颇低的审查官自己都觉得羞于启齿，知道自己从事的是一个很不名誉的职业。虽然为了权势和财富，他们必须去做这项工作；但是为着颜面，他们则不想让人知道自己究竟以何为生。于是，审查官开始禁止作者使用省略号来标示书中的删节，他们希望每一部惨遭删改的作品看上去都像无瑕完璧一般。总而言之，他们不希望世人注意到这个世界上还有审查官这种卑鄙职业的存在，而他们的种种伎俩，也的确骗过了一些涉世尚浅、心地单纯的人。

有苦说不出的作者们只好无可奈何地接受这个现实，但时不时地会小小地反讽一下，主动在自己的文字里使用一些省略号，普希金甚至为《叶甫盖尼·奥涅金》的一处省略号作出注释说："请读者注意，本文所有用省略号表示的空白都是作者自己空出来的。"这真是只有诗人才想得出的"有意义的废话"，聪明的读者自然能够领会那颇具幽默感的暗示。

其实普希金是颇会应对审查官的，这还是我在纳博科夫《叶甫盖尼·奥涅金》的英译本中发现的玄妙。纳博科夫，"变态色情小说"《洛丽塔》的作者，虽然由通俗文学带来的恶俗声名掩盖了他在纯文学上的非凡成就，但《洛丽塔》带给他的天文数字一般的版税使他可以自由自在地研究自己真正喜欢的东西，不必委曲求全。而这位在俄罗斯出生的小说家，终其一生的心头所好，便是普希金和果戈理的作品。

当纳博科夫用《洛丽塔》的版税在瑞士一家五星级宾馆悠哉终老的时候，这家宾馆并不敢宣扬这里住着一位名噪欧洲的作家，因为宾馆经理担心引起那些意欲举家来此度假的传统夫妻的反感——这个"臭名昭著的色老头儿"也许会在某个角落处心积虑地打量自己天真烂漫的女儿？然而，实际上，纳博科夫总是待在自己的房间里，在普希金的诗句里沉迷一次又一次。

纳博科夫的英译本《叶甫盖尼·奥涅金》是一套厚厚的四卷本，远远超出了原作的篇幅，其中只有第一卷是真正意义上的译文（其中“译者概述”还占了一百页的篇幅），第二、三卷居然都是注释，第四卷是索引和1837年俄文版的影印。

纳博科夫的注释简直拥有经学典范一般的风格，但你若耐心去读，会发现它并不像看上去那样可怕，其中不乏饶有趣味的段落。比如，纳博科夫指出，《叶甫盖尼·奥涅金》的某一句诗原本应该是“历代沙皇的肖像”，但是，考虑到审查官恐怕不会允许诗人以这样唐突的笔调提及伟大的沙皇，所以普希金在这一诗行的底下添了一行：“供审查用：‘历代祖先的肖像’。”果然，审查官采纳了这个建议，刊出的时候，这一诗行便被改作了“审查官版本”。

所以说，性格或许不足以决定命运，但至少可以影响到你许许多多的生活策略。普希金选择了狡猾的妥协和温和的反讽，穆旦选择了耿直的坚持和高贵的缄默。于是，命运就像弗罗斯特那首《那条未走的路》（*The Road Not Taken*）告诉我们的：And that has made all the difference。

【在时光深处遇见】

普希金

（Александр Сергеевич Пушкин，

1799—1837）

/

/

/

俄国诗人、小说家，现代标准俄语的创始人，在诗歌、小说、戏剧、童话等各个文学领域都给俄罗斯文学创立了典范。普希金的人生短暂却不平庸：8岁开始用法文写诗，12岁正式开启文学创作生涯，成年后加入了十二月党人的相关组织，立场鲜明地支持十二月党人追求自由民主的运动，数次遭到流放和幽禁也不改初衷，最后，死在一场与情敌的决斗中。以往提及普希金的生平，总是将他的死归结为“沙皇政府的阴谋策划”，似乎那场决斗若只是为了他的妻子，便是他的不名誉。其实只要足够诚挚，死于爱情与死于某种主义，为一个女人与为一个国家，一样可歌可泣。

11 普通生活：从穆旦到普希金（Ⅱ）

幸福消失了，但它曾经是多么挨近！
……而现在，我的命运
已经注定了。

——［俄］普希金《叶甫盖尼·奥涅金》

1

在那个尚不知琼瑶为谁，甚至不知恋爱为何物的年代，很多人是把《叶甫盖尼·奥涅金》当成言情小说来读的。俄罗斯文学为当年的中国人贡献过两部风靡一时的“言情小说”，另一部是屠格涅夫的《阿霞》。《阿霞》纯洁青涩，淡淡的情节娓娓道来淡淡的忧伤；《叶甫盖尼·奥涅金》则浓郁得多，虽然是一部诗体小说，却有着一般通俗文学才会有的那种激烈的戏剧化场面。穆旦曾说：“凡是读过这本书的人，就像孩子尝过味道极浓的蜜糖一样，有谁不想再读两遍、三遍呢？”

但今天的读者恐怕已经不再习惯阅读这样一本书，除了时代的隔膜之外，他们已经被各种粗制滥造却极富迷惑力的畅销书搞坏了口味，就像可乐时代的孩子们品不出龙井的清芬。对于他们来说，《叶甫盖尼·奥涅金》可算不得什么“味道极浓的蜜糖”，感情露骨的流行金曲也早已压过了柴可夫斯基为《叶甫盖尼·奥涅金》谱写的歌剧。眼看时间的河从身边不回头地流过，我也只能到泛黄的书页里找几个不那么健谈的同路人了。正如《叶甫盖尼·奥涅金》的开篇献词说的：

我不想取悦骄狂的人世，
只希望博得朋友的欣赏。
但愿我能写出更好的诗，
献给你——和你的灵魂一样……
（穆旦译）

Не мысля гордый свет забавить,
Вниманье дружбы возлюбя,
Хотел бы я тебе представить
Залог достойнее тебя··

［俄］列宾与艾伊瓦佐夫斯基《普希金挥别大海》（Pushkin's Farewell to the Sea, I. K. Aivazovsky and I. Y. Repin, 1877）。这幅画画出了人们心中“理当如此”的诗人形象：洒脱而略嫌做作，一点愤世嫉俗的叛逆气质，几分玩世不恭的派头。一位俄罗斯美术评论家曾说，画家对普希金的描绘很难不受到奥涅金的影响，他们会不自觉地以奥涅金的形象和气质来理解这个小说角色的创作者。

［德］卡斯帕·大卫·弗里德里希《云海之上的漫游者》(Wanderer above the Sea of Fog, Caspar David Friedrich, 1818)。这是19世纪德国最著名的一幅画作，画面令观者捉摸不透：那位衣冠楚楚的漫游者偏偏背对着我们，我们不晓得他此刻的表情究竟是惊悸还是淡然。

2

故事就是这样开始的，如果你相信献词的深挚，就应当相信故事的真实。

叶甫盖尼·奥涅金是一个年轻的贵族，靠着不菲的遗产在乡间悠闲度日。如果不是西方的新思潮带给俄罗斯一些不安的影响的话，奥涅金应该会像任何一名体面的绅士一样，在旧轨道里谋一份受人尊敬的闲职，娶一位门当户对、善于生养的太太，然后，倘若他还稍稍有一点野心的话，也许会努力使自己成为沙龙里的意见领袖或者舞会上的风云人物。但是，新思潮悄悄用卢梭、斯密、拜伦一干人等的论调“败坏”了他那颗贵族的心，使他厌恶俄罗斯的现实——与其说是厌恶，不如说是倦怠，甚或不屑。无论如何，他毕竟是个贵族，而且是个年轻健康、尚算俊美的贵族，因此，天经地义的，他带着一身无可挑剔的“臭贵族”习气。他如同一只不愿生长翅膀的鸟，又不知道若不靠翅膀，该靠什么飞行才好。

普希金本人时常穿插在奥涅金的故事里，或旁白，或议论。在他看来，奥涅金是这样的一个人：

只要谁生活过，又能想一想，
他就会冷冷地藐视世人，
只要谁有感情，过去的幻象
怎能不烦扰他的心神：
往事的回忆，带着悔恨，
是一条毒蛇在心里噬咬，
你怎能再有美丽的憧憬？

就是这种种，每次提到
都使我们谈得更契合。
奥涅金的口吻有些刻薄，
起初令人不安，但后来
我也就听惯他那种针砭，
那俏皮的机智暗含着愤慨，
他的笑语里一半是辛酸。

Кто жил и мыслил, тот не может
Вдуше не презирать людей;
Кто чувствовал, того тревожит
Призрак невозвратимых дней:
Тому уж нет очарований.
Того змия воспоминаний,
Того раскаянье грызет.
Все это часто придает
Большую прелесть разговору.
Сперва Онегина язык
Меня смущал; но я привык
Кего язвительному спору,
Икшутке с желчью пополам,
Излости мрачных эпиграмм.

而在邻居们的眼里，奥涅金无疑是个怪人，他总是摆出一副清高的派头，每当听到前门方向传来马车的声音（那是有邻居来友好地拜访了），他总会匆匆从后门溜掉。乡间的土财主们可欣赏不来一个遗世独立、卓尔不群、蔑视传统礼数的家伙，正如奥涅金也欣赏不来他们的装腔作势一样。

但是，再孤高的人也需要孤高的朋友，寂寞的奥涅金终于找到了他的伙伴："这时，又有个地主乘着车飞奔来到自己的庄园，同样的，他也没有逃过邻居们的挑剔和针砭。他叫伏拉狄密尔·连斯基，是康德的信徒和诗人，有着被哥廷根大学培育的一颗心灵，年少而英俊。从那雾气弥漫的德国他带来了智慧的花果：他有着向往自由的幻梦，奇异的神采，兴奋的谈话，他有着永远非凡的热情，和垂到肩的黑色的鬈发。上流社会的腐败和冷酷还没有枯竭他的心灵，友情的殷切，少女的热爱，还一样点燃他的热情；他的赤子之心在无知中还在闪着希望的光辉，这世界新奇的灿烂和喧哗使年轻的神志不由得迷醉。假如他怀着什么疑虑，旖旎的梦想常使他忘记。我们的生命是为了什么？这对他是个不解的谜，他常常费力去想，而且推测也许有一天会出现奇迹。他相信：在这宇宙间有一个和他切近的精神，它时时都在不安地想念要和他的灵魂合为一身。他相信朋友都肯为了他而甘心坐牢、戴上枷锁，他们连手也不会颤一下就去诛戮诽谤他的家伙。他认为：有些人命中注定该去从事神圣的伟业，这些不朽的、人类的救星将不可抗拒地光照一切。总有一天，我们会得到光明；而他们把幸福给予世界。"

［俄］列宾《14 岁的普希金在德尔查文面前朗诵诗歌》（14-year old Pushkin reciting a poem before Gavrila Derzhavin, Ilya Yafimovich Repin, 1911）。德尔查文是普希金之前俄罗斯最负盛名的诗人，少年普希金因为这次际遇而一举成名。列宾曾创作过一系列俄罗斯重大历史题材，几乎都是政治、军事上具有转捩点意义的事件，而这幅画竟然也是这个系列其中之一。大概在列宾看来，14 岁的普希金在德尔查文面前朗诵诗歌，是不逊于任何战役或峰会的荣耀时刻，它标志着俄罗斯文学史上所谓“黄金时代”的来临。

3

连斯基的出场是书中很华彩的一段，令少年时代的我读得心荡神驰。这样的人，也只有奥涅金能够欣赏，在那个不甚大的世界里，他们注定要成为对方唯一的朋友。

他们讨论诗歌，讨论哲学，讨论战争、科学、命运和偏见，然后，他们也讨论爱情。年轻的连斯基把深藏的心事讲给兄长一般的奥涅金听，就在这里，普希金打断了情节，插入了一段很漂亮的议论：

呵，是的，他爱着，那种爱
早已不适于我们的年龄，
我们认为，只有诗人
能有那样疯狂的感情：
无论何时何地，不改初衷，
只有一个梦想，一个心愿，
无论多么远，它不会变冷，
无论分别已有多少年，
一种忧郁永远留在心坎。
不管他怎样向缪斯供奉，
不管有多少娇美的容颜，
多少学识，多少欢笑的人声
也不能改变诗人心里的
那炽热的初恋的沉迷。

Ах, он любил, как в наши лета
Уже не любят; как одна
Безумная душа поэта
Еще любить осуждена:
Всегда, везде одно мечтанье,
Одно привычное желанье,
Одна привычная печаль.
Ни охлаждающая даль,
Ни долгие лета разлуки,
Ни музам данные часы,
Ни чужеземные красы,
Ни шум веселий, ни Науки
Души не изменили в нем,
Согретой девственным огнем.

连斯基爱着一个名叫奥丽嘉的女孩，他们青梅竹马，度过了最愉快的童年。奥丽嘉，普希金说起她时是这样的："奥丽嘉谦和而且柔顺，她闪耀着清晨的欢欣，像诗人的生命那样真纯，和爱情的吻一样迷人。"但他很快语调一转："这一切——但哪本言情小说中不是描绘这样的女主人公？她很可爱，以前我也钟情，可是现在却非常厌腻。亲爱的读者，如果您高兴，我要把她的姐姐提一提。"

从这里，我们已经隐隐看到了普希金的意图，他的确要写一个爱情的故事，但这不仅仅是一篇言情小说。这或许吊起了读者的胃口：如果连奥丽嘉这样美丽可爱的女子都只能作为陪衬，那么，她的姐姐究竟会是一个怎样的美人呢？

［俄］亚历山大·布鲁洛夫《娜塔莉亚·普希金》(Natalia Pushkina, Alexander Briullov, 1831)。这是画家为普希金的妻子娜塔莉亚绘制的肖像。娜塔莉亚是莫斯科的绝代佳人，一点不像达吉亚娜，反而像极了奥丽嘉。娜塔莉亚在婚后成为上流社会最耀眼的交际花。1834 年，一位法国男爵狂热地追求已为人妇的娜塔莉亚。一旦故事不是发生在小说里而是发生在现实生活中，普希金便没有了奥涅金的样子，反而像连斯基一样怒不可遏地提出决斗，并且，也像连斯基一样死于决斗。

但是，普希金的下文似乎颠覆了读者的期待，他只是淡淡地说：“她的姐姐叫达吉亚娜，对于言情小说的女主角我们竟以这样的名字描画，也许您还是第一次碰到……它未免提示古老的时代，女仆的住房……”

纳博科夫为这段话做过一段很长的注释，提到在《叶甫盖尼·奥涅金》之前的俄罗斯文学传统里，达吉亚娜这个名字总是被安排给那些母亲或祖母的角色；在普希金的手稿里，曾经为女主角取过娜塔莎这个更像言情小说主人公的名字；娜塔莎是娜塔莉亚的昵称，说起来这还是在普希金邂逅自己的那位娜塔莉亚——他未来的妻子——之前五年的事情。

文学人物的姓名有多重要？琼瑶的作品便是一例明证。设若“绿萍”、“雨薇”、“书晴”等名被更换为“二丫”、“招娣”、“翠花”之类，故事的万千风情即刻折损大半，从云间跌落泥泞。那些婷婷袅袅的姓名，使得阅读者在正式进入情节之前，就感染上某种美的情绪；故事尚未展开，人物已叫你铭心。普希金，一代文豪，自然明白这个道理，但他坚持给女主角安排了寡淡又老土的姓名。我以为，这恰好昭示了普希金在文学上的野心：这个名字过目即忘吗？没关系，我能将这平庸无奇的字眼，化为荡气回肠的诗篇。普希金之后，再也不会有人忽略达吉亚娜。

回到《叶甫盖尼·奥涅金》，普希金说：“好吧，就管她叫达吉亚娜。她既没有妹妹的美丽，也没有她那鲜艳的面颊，可以吸引他人的注意。她忧郁、沉默，像林野的鹿那样怯生，又那样不驯；尽管她在自己的家里住，也落落寡合，像是外人；她从不和爸爸妈妈亲昵，或倒在他们的怀里撒娇；就在儿提时，她也不愿意和别的孩子一块儿玩闹：她宁愿独自坐在窗前，默默无言地，坐一整天。”

4

素静、沉郁，像奥涅金一样落落寡合，这就是我们的达吉亚娜，所以，若知道她已经不可救药地爱上了奥涅金，我们定不会有一丝惊讶。

但我们决然不会想到，这样一个她，竟然会有勇气表白。她写信给他，托奶娘交在他的手里，她强词夺理地埋怨他、责问他："为什么您要来访问我们？否则，在这冷僻的乡间，我就一直也不会认识您，也不会感到痛苦的熬煎。也许，这灵魂的初次波涛（谁知道？）会随着时间消沉，创伤会平复，而我将寻到另一个合我心意的人，成为忠实的妻子、慈爱的母亲。"——那么，奥涅金呢？

奥涅金，连斯基，达吉亚娜，奥丽嘉，他们邂逅的时候，美丽的妹妹并没有博得奥涅金的好感；相反，奥涅金认为"奥丽嘉的容貌毫无生命，和凡·艾克的圣母一模一样"。他这样对连斯基说："假如我是你，诗人，在这姊妹里，我会另有选择。"达吉亚娜吸引了奥涅金的注意，虽然她那时候只是带着一脸沉郁，默默无言地倚靠在窗边。

他们本应相爱，正如日与月本应相互追逐。但是，在随之而来的花园相遇里，奥涅金带着十足的理性拒绝了达吉亚娜。其实，他的道理没有错："请相信吧（我以良心保证）：别管我的爱情怎样热烈，日久生厌，它就会变冷，我们的婚姻将痛苦地终结。您会哭的，但您的眼泪不但不能打动我的心，反会激怒我把您怪罪。……"

那是怎样一些连篇累牍的洞彻世情的道理啊，尽管怀着真挚的善意："达吉亚娜静静地听着，她泪眼模糊，一切看不见，只屏声静气，更不会反驳。他向她伸出手臂……达吉亚娜靠着他的臂，低头绕过菜园默默走着。他们回到家还挽着手，人们看见他们这种亲昵，并没有表示如何诧异。您知道，乡间的居民也有它可喜的自由的风尚，和骄傲的莫斯科没有两样。”

这是普希金式的感伤，让一切不相干的旁观者见证两位爱情主角第一次的亲昵，他们不晓得，正是这并不算长的距离，使他们的所见、所想与当事人完全两样。那一刻的奥涅金啊，不知道是看轻了他的达吉亚娜，还是看轻了他自己；不知道他是不爱这个和自己如此相似的女子，还是认为自己早已在春花秋月的欢场上消磨尽了爱的能力；他拒绝达吉亚娜的话是那么的真诚、高贵而优雅，我不知道拒绝一个人时，还有什么比这更好、更柔情的表达。少年时的我曾经幻想，若我就是那一刻的达吉亚娜，当会因为奥涅金如此的一番拒绝而更加爱上他吧？

［俄］伊凡·马科洛夫《普希金夫人肖像》（Natalia Nikolaevna Pushkina-Lanskaya, Ivan Makarov, 1849）。这幅肖像与亚历山大·布鲁洛夫创作的那幅截然不同，虽然娜塔莉亚的五官仍是那副好似象牙雕琢而成的精致五官，但神色与姿态不再充满魅惑，反而有了一种难以形容的悲悯。如果说上一位娜塔莉亚是盛夏的蔷薇，那么，这一位娜塔莉亚便是黎明的百合。

5

多少天之后的一次舞会，奥涅金故意和奥丽嘉打得火热，奥丽嘉完美地配合着，似乎想要刻意撩拨连斯基的妒意。达吉亚娜忧伤地望着这一对翩翩舞者，连斯基却被妒火冲昏了头脑，向好友发出了决斗的挑战。

永远都那么百无聊赖的奥涅金默默地接受了挑战，第二天迟迟地从一场懒觉中醒来，这才想起决斗的约定。他胡乱穿好衣服，带上仆人和手枪，坐上马拉的小雪橇前往决斗的地点，就像赶赴一次最普通不过的乡间围猎，哪有一丁点儿生死攸关的紧张?

是的，他就是这样的一个人，永远一副因洞悉世事而百无聊赖的样子。他无所谓爱或不爱，无所谓生存或死亡，有一点慵懒，有一点玩世不恭。但他的枪居然比连斯基快了一点，直到那个时候，直到他发现自己唯一的朋友因为微不足道的误会而死在自己枪下的时候，他才汗涔涔地看清了这流血的雪地并不是梦中的景象，悲剧已无法倒带。

悲伤的一幕就这样飘忽而过，多情的读者不必担心奥丽嘉的结果——“奥丽嘉虽然憔悴，却没有哭很久。唉，哪一个风情的少女能够把悲哀记在心头?”她嫁给了一个骑兵，还是那一副言笑晏晏的样子。至于奥涅金，他远走他乡，没有人知道他的消息。

多年之后，繁华的莫斯科，上流社会的一场舞会上，奥涅金远远地认出了达吉亚娜。她依然算不得美貌，但那娴静、优雅的气质使她完全压过了任何一名美女的光彩。他们再次相遇，已是公爵夫人的达吉亚娜与浪迹多年的倦客奥涅金。“假若她是感到了惊异，假若她心里烦乱而又激动，至少，表面上，她却一点没

［俄］列宾《奥涅金与连斯基的决斗》(Eugene Onegin and Vladimir Lensky's Duel, Ilya Yafimovich Repin, 1899)。“两个仇人都脱掉了斗篷，沙列茨基以出色的精密量出了三十二步，并且领着两个朋友各站在一方，每个人的手里拿着手枪。”贵族的决斗规则是：每个人带一名助手，负责公证、救护或收尸；双方的手枪里各有一发子弹，若一击不中便必须停止，若自己一枪射偏而对方尚未射击，自己只能侧过身体以缩小目标，不能躲避或逃跑。

有透露这种强烈的反应。她依旧保持自己的风度，她的躬身也同样的娴静……无论他怎样仔细看，也不能发现几年以前那个达吉亚娜的任何痕迹。他很想和她找一些话谈，然而——然而却不能。她问：他来这里多久，从什么地方？是否最近看到了他们家乡？这以后，她以怠倦的神色向丈夫示意，随即飘然离去……”

吊诡的世事，吊诡的人生，奥涅金不可自拔地写信给这个曾经被自己优雅拒绝的女子，语言热烈得几乎丧失了他一贯的优雅。但他的信笺永远石沉大海，每一次在社交场所中的碰面，他都只能收获她的冷若冰霜。

奥涅金近乎癫狂，他终于不顾一切地闯进了公爵的家，他看到公爵夫人“脸色苍白，还没有梳妆，独自坐着，读着一封书信；她用一只手支着面颊，眼泪像泉水似的流下”。

达吉亚娜一点都没有变过，她依然爱着奥涅金，就像爱上他的第一天一样：“对于我，奥涅金，这种豪华，这种可厌的生活的浮夸，这富贵场中对我的推崇，这些晚会和这漂亮的家，它们算得什么？这时，我宁愿抛弃这场褴褛的化妆表演，这一切荣华、喧嚣和烟尘，为了那一架书、那郊野的花园和我们那乡间小小的住所，我宁愿仍旧是那个地方：奥涅金，我们在那里初次相见，我愿意看到那荒凉的墓场。那里，一个十字架、一片树荫正在覆盖着我的奶娘……”

最富悲剧性的台词就在这最后一刻从达吉亚娜的口中吐出：

幸福消失了，但它曾经是多么挨近！
……而现在，我的命运
已经注定了。

А счастье было так возможно,
Так близко!.. Но судьба моя
Уж решена. Неосторожно…

达吉亚娜向奥涅金坦白，是的，她一如既往地爱着他，嫁给公爵只不过是违拗不过母亲的苦苦哀求，但既然这一切已经成为事实，他就必须高贵地离开她，她也必须守住对丈夫的忠贞。“突然外面马铃的声音，达吉亚娜的丈夫随着进来”，故事就结束在这紧张而尴尬的一刻。

“满满斟一杯酒，却不饮到底；人生的故事，也不必读完”，你和我，是否也曾经那么挨近过幸福，却轻易地任它变成永久的伤痛？

维斯别茨卡娅，一位澳大利亚籍的波兰学者，认为有三个关键词可以涵盖全部的俄罗斯文化传统，它们是：心灵、命运、苦难。若我们带着这三个关键词回顾《叶甫盖尼·奥涅金》整个故事，便会在爱情之外读出另一样的感受，而那感受正是俄罗斯的文化精英们传诵这样一部诗体小说的理由，也是穆旦和他那一代的中国智识阶层把太多的热情投向这样一部诗体小说的理由——这或许是他们无可奈何下的乾嘉之学，但未尝不是他们的某种惨淡希望唯一寄托；在心灵、命运、苦难的重叠阴霾里，他们执著于七弦已断了六弦的竖琴，以一双受伤的、蒙着绷带的眼睛，看到了瓦茨的《希望》。

［俄］普基廖夫《不相称的婚姻》（Le mariage inégal, V. V. Poukirev, 1862）。这幅画虽然不是为《叶甫盖尼·奥涅金》专门创作的，却完全是达吉雅娜的婚姻写照。达吉雅娜违心地嫁给了一个肥胖的、年长的将军，一位受人尊敬的公爵大人。普基廖夫画出来的是自己真实的痛：那位新娘原是他的未婚妻，却不得不离他而去，嫁给一位老将军。神甫祝福着这对不相称的新人，他那幽暗的脸衬托着这对新人明亮却苍白的脸。背景处是亲友团狰狞猥琐的面孔，而画面右侧那个环抱双臂、眼神冷峻的男子正是画家自己。

［俄］瓦萨里·蒂姆《十二月党人起义》（The Decemberist Revoly, Vasyliy Timm, Unknown Date）。普希金写过一首《致恰达耶夫》（恰达耶夫是十二月党人的精神领袖，是传统俄罗斯体制最有力的批判者），诗的最后一节被十二月党人刻在了组织内部的秘密徽章的背面；又因为普希金的诗歌总是或多或少地带有十二月党人的色彩，所以普希金还因此遭受过流放。诗人有三种：一种是忠于政治风向、擅长歌功颂德的御用红人；一种是忠于市民趣味、擅长表达市民心声的大众明星；还有一种，永远都是不分场合、不合时宜地仅仅忠于自己的心。

【诗艺小札】

奥涅金体（Onegin stanza）

有很多俄罗斯人都能大段大段地背诵《叶甫盖尼·奥涅金》，因为这首诗虽然长度如同长篇小说，却通篇是用严整的四音步格律（tetrameter）写成的，轻音节与重音节的交错就像中国古诗的平仄交错一样，诗的韵脚还别出心裁地设计成 AbAbCCddEffEgg，大写字母表示的韵脚是阴韵，韵脚压在全句的倒数第二音节；小写字母表示的是阳韵，韵脚压在全句的最后一个音节，连贯读下来时，尤其显得错落有致。

纳博科夫翻译《叶甫盖尼·奥涅金》时，虽然为了内容不得不牺牲掉格律，却也对普希金独创的奥涅金体情有独钟。他用这种格律写过一组英文诗，这里选一首《论〈叶甫盖尼·奥涅金〉的翻译》（*On Translating Eugene Onegin*），我们可以从中体味一下普希金的音色：

What is translation? On a platter
A poet's pale and glaring head,
A parrot's screech, a monkey's chatter,
And profanation of the dead.
The parasites you were so hard on
Are pardoned if I have your pardon,
O, Pushkin, for my stratagem:
I traveled down your secret stem,

And reached the root, and fed upon it;
Then, in a language newly learned,
I grew another stalk and turned
Your stanza patterned on a sonnet,
Into my honest roadside prose
All thorn, but cousin to your rose.

在翻译的过程中，格律总难免丢失。在俄国诗歌里，可以举一个中国人最熟悉的作品：高尔基的《海燕》。读书时，老师一般会讲这是一首散文诗，而它其实是一首格律诗，读起来应该略有中国排律的感觉，只是中译本把它变成了散文而已。

【在时光深处遇见】

威廉·巴特勒·叶芝

（William Butler Yeats, 1865—1939）

/

/

/

爱尔兰诗人、剧作家，1923 年诺贝尔文学奖获得者，“爱尔兰文艺复兴运动”的领袖。诗人艾略特曾盛赞叶芝是“当代最伟大的诗人”，而我更喜欢同为诗人的奥登为叶芝写的悼词——“疯狂的爱尔兰将你刺伤成诗”。这悼词曾使我无限向往爱尔兰：到底是怎样的土地，能将一个人，刺成“唯独一人爱你那朝圣者的心”这般美丽的诗句？

12 极简生活（Ⅰ）

快动身吧，因为在所有的日夜里，
我都听到岸边轻柔的湖水拍击；
在城市的车道上，在灰色的人行道上，
我听见悠扬的水声，就在心底。

——［爱尔兰］叶芝《湖心岛茵尼斯弗利》

1

看多了文学理论书，也就对各种文学流派之争见怪不怪了。其实在我看来，所有的文学都可以简简单单地分为两类：理想主义和现实主义。前者为人们造梦，后者为人们碎梦；前者在月黑风高的小古堡里调制各种致幻药剂，后者则在所有人最赖床的清晨扮演着闹钟和冷水的角色。

记得那一年，男友开始操心一个无比现实的问题：房子。在辛勤打拼之余，他喜欢把古典诗词当做物美价廉的疗伤圣药。那情景至今想起仍令我发噱——他时而摇头晃脑地勉励自己说："'求田问舍，怕应羞见，刘郎才气'，一个满脑子求田问舍念头的男人一定是个一脸龌龊气的小男人，哼哼"；时而又说索性找块荒地自己盖房算了，"结庐在人境，而无车马喧"，最后是唐代诗人杜荀鹤的一道现实主义的闪电彻底击碎了他的所有梦想：“任是深山更深处，也应无计避征徭。”

一个人在一生之中，至少生出过一次逃离现实生活的念头。“喂马劈柴，周游世界”，听上去简单易行，但有几个人真的肯去喂马，真的肯去劈柴呢？有太多事情，仅仅在诗句里才是美的。我们明知如此，但依旧渴慕那样的生活。凡夫俗子从来都是不可救药的现实主义者，美丽而绚烂的理想主义乌托邦仅仅是我们偶尔用到的减压剂罢了。

但也许事情应该是完全相反的，所谓逃离，其实是回归。有一句玩笑话说：“人和猪的区别是：猪从来是猪，人却常常不是人。”若请哲学家来作个点评，他们一定会说正是社会的现代性把人异化为非人，而人的本来面目应该是“日出而作，日入而息，凿井而饮，耕田而食”。那么，人真的可以回归这样的生活吗？或者问题应该这样来问：你真的愿意回到这样的生活吗？

我知道有人愿意。这个人是隐逸派在整个西方文明中的始祖与精神符号，在帝国日兴的时代，他真的做了一个现实主义的理想主义者。

2

第欧根尼（Diogenes）是苏格拉底的再传弟子，算起来柏拉图该是他的师叔，而我们很难看出他的生活主张与柏拉图有任何相似之处。第欧根尼决心像狗一样生活，所以他和他的追随者们便被人称作犬儒主义者（cynic）——中译名实在把这个词语大大美化了，它的原意就是“狗”（canine）；或者“犬类动物”，如果定要文雅一点的话。狗如果知晓自己竟然也可以引领一派哲学，一定会感到很开心吧？

[比利时]让·德尔维勒《柏拉图学园》(The School of Plato, Jean Delville, 1898)。这是19世纪末的人们对柏拉图学园的想象，以中世纪迄今的道德标准看来，可谓颇有淫荡之嫌：青年男子裸体环绕导师左右，还有人头戴女人味儿十足的花冠。但是，这情景可不是画家的虚构，而在极大程度上是与史料相合的。古希腊人迷恋人体之美，是不争的事实。当诗人雪莱不加掩饰地译出柏拉图的对话集时，着实令保守的英国社会气急败坏了一阵。

柏拉图的学园颇具贵族气，学生们大多出自当时的显赫家庭。第欧根尼不屑于这样的贵族圈子，事实上，他也很难进入这个金光闪闪的圈子，因为他的父亲是一个因造伪币而极不名誉的钱商。

第欧根尼像狗一样对功名富贵无动于衷，也从不处心积虑地去做任何事情。他不关心房价，因为他根本就没有房子，终年住在一只埋葬死人所用的大瓮里——这只大瓮后来被讹传成了木桶。每个人都知道伟大的亚历山大大帝亲自来到“木桶”前造访第欧根尼，许诺可以满足他的任何要求，第欧根尼只是淡淡地说：“那就请你让开些，不要挡住我的阳光。”

我在此处提及房价，一点都没有借古喻今的意思。在古希腊人的观念里，经营房产、赚取租金，这是贵族最恰当的营利方式，因为这样的营利是温和且有度的，而贸易太有投机色彩，靠借贷赚取利息则是可耻的勾当。这样一种传统观念，直到莎士比亚的戏剧里仍然经常出现。

［法］让-莱昂·杰罗姆《第欧根尼》(Diogenes, Jean-Léon Gérôme, 1860)。第欧根尼倚靠在那只著名的大瓮里，身边柔顺的狗明示这位哲人已做到了“像狗一样生活”。而他手上的动作，似乎正要关掉提灯，熄灭那温暖的橘黄色光线，同时熄灭的，还有寻找正直心灵的希望。众人往往只看到第欧根尼提着灯在市场上横冲直撞的刻薄，但是画家看到的，是他的落寞。

［英］约翰·威廉·沃特豪斯《第欧根尼》

（Diogenes, John William Waterhouse, 1882）。

似乎一切为常人关心的东西，都不为第欧根尼关心。他不关心官吏们会不会巧取豪夺他的财产，因为他所有的财产除了那个勉强可以算作不动产的大瓮之外，就只有一只盛放食物与饮用水的陶罐了。他也不关心健康，因为他晓得生老病死不过是自然的常态，而纵然明天就会死去，自己也实在没有什么可留恋的。

因为一无所有，所以一无所恋；因为一无所恋，所以一无所惧。平和的心境与宁静的人生其实就是这么简单，是的，“说起来”就是这么简单。

其实，此时的第欧根尼还算不得一无所有，他毕竟还有一个大瓮、一盏提灯和一只陶罐，他会不会也像我们普通人一样担心：若是哪天大瓮裂了、提灯丢了、陶罐破了，生活将变得难以为继呢？

许多宗教修行都要人修炼“不动心”的境界，但一个人只要对世界还有牵挂与执著，就难免会在古井水里生出几丝小小的波澜。所以那些古代的佛教徒，抛弃家业，是为了使自己不为财产挂心；抛妻弃子或终生独身，是为了使自己不为亲人挂心；修炼“不净观”，在墓地里细察可怖的尸骸，是为了使自己不为女色与自己的身体挂心；他们相信，若于世间了无牵挂，便可以超越生死轮回，进入一个不可思议的世界。但是，在“一瓶一钵垂垂老，万水千山得得来”的洒脱里，毕竟也有一瓶一钵是自己永远心之所系的“外物”。生活，还能不能更简单一些？

第欧根尼的提灯其实仅仅用过一次，就连这唯一的一次也不是要它派什么实际用场，而是用作“行为艺术”的道具而已。有一天，雅典城里的人们在光天化日下，看到第欧根尼居然提着一盏灯走进了市集，当人们好奇地问他所为何故时，他说他希望能在这里找到一个正直的人。雅典市集人山人海，第欧根尼却说他在这里连一个正直的人也找不到：“雅典人啊，你们粗俗的生活已经证明了你们的心中早已失去了正直。虽然你们自以为是人类，其实究竟又与野兽何异呢？”

因为这个故事，犬儒主义者（cynic）一词便有了“愤世嫉俗者”的含义。某次，朋友问起我“愤青”这个中国俚语应该怎样用英语表达，我说：“这不就是 cynic 吗，犬儒主义者是西方传统里所有愤青的祖师。”

在雅典市集上用过一次之后，提灯可以扔掉了。画家们之所以总是为第欧根尼留着那一盏灯，仅仅是因为这盏提灯已经成了一个特殊的文化符号。那么，陶罐呢？

传说第欧根尼有一次去池边打水，见到一个耕田的人正在那里用双手捧着水喝。老哲人大受触动：自然中的人难道不正是这样喝水的吗？竟然连自己这样一个 cynic，都不免在文明化的浸染中遗失了人的本色。于是，他愤然扔掉陶罐，从此便真正地身无长物了。

古希腊诗人安提菲洛斯写过一首《咏第欧根尼》：

行囊、斗篷、冷水泡胀的大麦粑粑，
倚在墙角的棍子，陶土的杯子，
这明哲的犬儒把这些当做生活的必需品，
但其中一件却是多余之物，
他看见耕田人用掌心舀水喝，
便对陶杯说：“我为何白白背着你？”
（罗念生译）

第欧根尼的一生都在做着物质生活的减法，直至减到不能再减为止。他早已成了西方文明中的一把精神火炬，正如庄子之于我们。但是，我们凡夫俗子通常只向往富足的宁静，最好是物质上享有埃拉加巴卢斯皇帝的奢华，心灵仍拥有第欧根尼的平和；若是男人，还要加上亚历山大大帝的功业，如此才是完满的人生。第欧根尼如果就是我们的身边人，他会遭受多少冷眼呢？

17世纪一位佚名的德国画家所绘的《第欧根尼》(Diogenes Anonymous, by a member of the Tischbein family according to an old label, 17th century)。老哲人提着提灯走进雅典市集，那愤世嫉俗的眼神并不望向任何人，能望向谁呢？到处都是欲望与谎言。

[荷兰] 艾维尔丁根《第欧根尼寻访正直者》(Diogenes Looking for an Honest Man, Caesar van Everdingen, 1652)，画面虽然表现的是第欧根尼走入雅典市集的故事，但人物的服饰显然属于16世纪。尤其怪异的是，旁观者们完全是正直男女的派头，温和的眼神、恬淡的表情使人很容易想到他们所拥有的美德；而第欧根尼眼中没有一点愤世嫉俗，安然的神色仿佛他已寻见他所一直寻找的——这与前一幅画恰恰形成了有趣的对照。

事实上，艾维尔丁根是一位肖像画家，这幅画本质上是一幅肖像画。那些正直的旁观者其实都是荷兰西部城市哈勒姆的斯蒂恩家族的成员，画家是受斯蒂恩家族之雇，创作了这幅极具特色与美好寓意的“家族肖像”。

3

犬儒式的生活或许也可以算作一种理想主义吧。我见过生活中的很多人，喜欢庄子，推崇第欧根尼，誓言要过“喂马劈柴，周游世界”的日子，但是，总有人会刺穿他们的梦与虚饰。美国现代诗人格尔森·海坡纳尔（Gershon Hepner）写过一首《第欧根尼》（*Diogenes*），也许是这个话题里有史以来最刺耳的声音了。

无论我们旅居何处，惬意
都不难求得。纵使没有衣服，
我们也能在一只木桶里自由生活，
一如第欧根尼。

对于每一个命中注定的不幸者，
若他能够直面赤裸的真实，
日子总不会变得更糟；
因为，若他不能直面，生活便仅余抱怨。

Wherever we may sojourn, ease
may be achieved. Without apparel,
we all can, like Diogenes,
live free as cynics in a barrel.

Life turns out to be less uncouth

［英］劳伦斯·阿尔玛–塔德玛《埃拉加巴卢斯的玫瑰》（The Roses of Heliogabalus, Sir Lawrence Alma-Tadema, 1888）。埃拉加巴卢斯是古罗马著名的昏君，传说他在宫殿里用皮革在天花板吊顶，夹层里藏满玫瑰花瓣，在宴客的时候，他会兴之所至突然发动机关，看刹那间玫瑰花雨漫天飘落，听宾客和侍女们惊慌尖叫。有时玫瑰花瓣太多太厚，反应不及的宾客甚至就在花海中窒息而死。后人用“埃拉加巴卢斯”代称那些放荡淫靡的人，拜伦就曾被他的敌人们冠以过这个不名誉的称号。

在西方文化传统里，埃拉加巴卢斯的玫瑰和第欧根尼的陶罐分别象征着一个人生活选择当中的两极，但主动接过第欧根尼的陶罐的人并不太多，人们往往是追求埃拉加巴卢斯的玫瑰而不得，才转而在第欧根尼的陶罐中寻求慰藉。否则还能怎么样呢？“若他不能直面，生活便仅余抱怨。”

to every god-forsaken wretch
if he can face the naked truth,
for if he can't, he'll only kvetch.

当劫匪问你“要钱还是要命”的时候，你终于选择了“要命”。哲学家们会探讨这究竟算不算一种自由选择，而诗人海坡纳尔直接把这个选择扔给了你：若你的生活已经跌到了谷底，再也看不到任何转机，那么，做一个心平气和的第欧根尼，总比做一个牢骚满腹的 cynic 要好。如果这也可以算是一种人生哲学的话，那么，若你是那位以奢华的奇思异想出名的埃拉加巴卢斯皇帝，又何必多看可怜的第欧根尼一眼呢?

4

一个哈佛毕业的高才生理应去赚最高的薪水，这世界上各式各样的优渥享受都在向他召唤，但是，一个名叫亨利·大卫·梭罗（Henry David Thoreau）的毕业生偏偏走了一条相反的路。他说他有理想，极简的理想：忠于自己，回到自然，绝对自由。

每个人都有理想，你我的理想甚至比梭罗的理想更加纯真、高洁，我们其实和梭罗并没有什么两样。——不，还是有一点不同：虽然同样怀有理想，但我们懂得妥协，而他不会。

我们也许可以因此而自豪，因为，正如功利主义哲学家约翰·斯图亚特·穆勒说的：“人类几乎所有令人尊敬的特性都不是天性自然发展的结果，而是对天性的成功克服。”梭罗终其一生都不曾克服他的天性，甚至根本就不愿克服，他是第欧根尼的真正信徒，不像我们这些凡夫俗子，只会用些高调的空话来舒缓一下现代社会中争名逐利的焦躁。

他活得真实。他从不妥协。如果你无法用秋风秋雨的肃杀来恐吓住一朵夏季盛放的花儿，让它收敛起肆意外露的花瓣，那么你也无法用任何冷静、斟酌、后果之类的大词说服梭罗。所以，当他不赞同祖国对墨西哥作战的时候，他便拒绝纳税，绝不让自己的税款变成军费。乡邻们说，不依法纳税的人是可耻的，而他坚持用良知判断法律，坚信自己的良知凌驾于一切法律之上；政府说他背弃了爱国主义，而他坚信国家只不过是自由人的自由联合，所谓爱国主义无非是狭隘的乡土情怀罢了。结果可想而知，他坐了牢。

接下来，是一个很有象征色彩的故事：梭罗在康科德小镇附近瓦尔登湖的湖畔盖起了简陋的小木屋，在那里离群索居，像犬儒一样生活，弃绝了一切为基本生活所不必要的东西。

那么，究竟什么才是“必需品”呢？梭罗讲过这样一件事情：“有一个农夫对我说：‘光吃蔬菜是活不了的，蔬菜不能供给你骨骼所需要的养料。’这样他每天虔诚地分出了他的一部分时间，来获得那种可以供给他骨骼所需的养料；他一边说话，一边跟在耕牛后面走，让这条正是用蔬菜供养了它的骨骼的耕牛拖动着他和他的木犁不顾一切前进。某些事物，在某些场合，例如在最无办法的病人中间，确是生活的必需资料，在另一些场合，只变成了奢侈品，再换了别样的场合，又可能是闻所未闻的东西。”

湖畔的梭罗不仅仅是“居住”而已，他不断地观察自然，思考生活，写下了著名的《瓦尔登湖》，这本书时至今日仍然吸引着大量读者。但是，在两年之后的 1846 年，一个夏天的傍晚，梭罗走出林中小屋，到镇子上去找鞋匠修补一双皮靴，没想到路上偏偏遇到了警官，而警官还偏偏执法严格，要这个现代版的第欧根尼补交自隐居湖畔以来所欠下的全部税款。梭罗以良知为由拒不纳税，警官以法律为由逮他入狱。

梭罗并不介意把牢底坐穿，但闻讯而至的姑妈当即帮他补交了全部税款，请警官释放了他，并叮嘱梭罗再不要和政府作对。所以，梭罗仅仅坐了一夜的牢房而已，他不愿意姑妈插手这件事情，却终于无法拒绝亲人的善意。这件事促使他思考，写下了那篇著名的《论公民的不服从》。我至今仍背得其中一些掷地有声的段落，像沉淀在岁月里的诗句发出金石之声。我最爱的一句话是极朴素的："谨以此言为证，我，亨利·大卫·梭罗，不希望被认为是任何我没有加入的联合团体的一员。"

那么，梭罗究竟是不是美国人呢？——这问题也许只有他自己清楚，因为在他的标准里，这实在与他生在哪里、拥有哪一国的国籍、讲哪一种语言……与这一切一切外在的标准毫无关系。他还说过："我愿意一一签字，以表示与我从未签字认可的一切社会团体断绝关系。"他也知道这并不可能，但他偏偏要作出这个姿态，毫不掩饰地公开自己的立场。或许是他的高贵衬托出我们的猥琐，又或许是我们的猥琐衬托出他的高贵。

［法］克劳德·洛兰《埃涅阿斯在德洛斯》(Landscape with Aeneas at Delos, Claude Lorrain, 1672)。在透纳成名之前，克劳德·洛兰一直被奉为最伟大的风景画家。洛兰的这幅作品取材于维吉尔的叙事长诗《埃涅阿斯记》，描述希腊英雄的传奇浪游。事实上，故事本身对画面并不重要，洛兰着力于风景，人物与故事只是小小的点缀罢了。《轧钢机》与《埃涅阿斯在德洛斯》，工业化的现代世界与浪漫主义的古典世界，前者是诗人的罗网，后者是诗人的梦田。

13 极简生活（Ⅱ）

背后的一切

是一杯茶，

世界上最深的海洋。

——［捷克］米罗斯拉夫·霍卢伯《港口》

1

“任何人都是可以天真的，因而是富有的。”这是梭罗记在日记里的一句话，在绝大多数人看来，是那样的荒诞不经。

梭罗总会说一些天真而荒诞不经的话，他居然还说走路要比乘车更快。他的理由是：走路可以拔脚就走，乘车却需要先找份工作挣出车钱。幸好他不是一个酷爱旅行的人，一辈子都不曾走出过家乡，但他有一种从一粒沙洞察宇宙的目力，而瓦尔登湖畔的花香虫鸣比一粒沙又丰富何止百倍？

他不曾周游世界，却当真喂马劈柴。劈柴的斧子居然来历不凡，是《小妇人》的作者阿尔柯特借给他的。柴火实在是必不可少的东西，他说：“多少年代了啊，人类总是到森林中去寻找燃料和艺术的材料；新英格兰人、新荷兰人、巴黎人、克尔特人、农夫、罗宾汉、戈底·勃莱克和哈莱·吉尔；世界各地的王子和乡下人，学者和野蛮人，都要到森林里去拿一些木头出来，生火取暖煮饭。便是我，也肯定是少不了它的。”

梭罗在书中拉家常似的记述自己是如何生火的，写着写着，文字竟越来越见诗意，于是一首小诗便顺理成章地点缀在段落的下方。一切都是天机流露，没有斐然的辞藻，没有歌哭的警句：

通常我是用森林中的枯叶来引火的，那还是在下雪以前，我就在我的棚子里储藏起来的。青青的山核桃木，精巧地劈开，那是樵夫们在森林中生营火时所用的引火。每隔一阵，我也把这一种料预备了一些。正如村中袅袅的炊烟一样，我的烟囱上也有一道浓烟流出来，让瓦尔登谷中的许多野性的居民知道我是醒着的：

翅膀轻展的烟啊，伊卡洛斯之鸟，
向上升腾，你的羽毛就要溶消，
悄然无声的云雀，黎明的信使啊，
盘旋在你的村屋上，那是你的巢；
要不然你是逝去的梦，午夜的
迷幻的身影，整理着你的裙裳；
夜间给群星蒙上面纱，白天里，
抹黑了光明，遮蔽了太阳光；
我的薰香，去吧，从这火炉上升，
见到诸神，请他们宽恕这通明的火光。
（徐迟译）

LIGHT-WINGED Smoke, Icarian bird,
Melting thy pinions in thy upward flight,
Lark without song, and the messenger of dawn,
Circling above the hamlets as thy nest;
Or else, departing dream, and shadowy form
Of midnight vision, gathering up thy skirts;
By night star-veiling, and by day
Darkening the light and blotting out the sun;
Go thou my incense upward from this hearth,
And ask the gods to pardon this clear flame.

诗中的“伊卡洛斯之鸟”是希腊神话里的一则典故：克里特岛的国王米诺斯聘请当时最负盛名的工匠第达罗斯为自己设计一座迷宫，这就是著名的米诺斯迷宫，迷宫深处住着那只每年要吃掉七对青年男女的米诺牛。第达罗斯带着儿子伊卡洛斯完成了米诺斯国王的使命，没想到反而被凶残的国王囚禁在了迷宫当中的一座高塔里。机智过人的第达罗斯想出了一条脱困妙计：每天用剩饭剩菜吸引海鸥飞来，小心地收集海鸥的羽毛，同时每个夜晚从蜡烛里收集蜡滴，最后，第达罗斯用丝线和蜡把那些羽毛做成两对翅膀，分别绑在自己和儿子的背上。越狱之前，第达罗斯叮嘱儿子说：切记不可飞得太高，以免太阳把蜡融掉。

这真是一次举世无双的奇特越狱，父子二人如天使一般从高塔的窗子里滑翔而下，在海面上空轻盈飞翔。但是，伊卡洛斯飞得忘形，不知不觉间越飞越高，终于被阳光折断了翅膀，坠入大海而死。

［英］赫伯特·詹姆斯·德雷珀《哀悼伊卡洛斯》（Mourning for Icarus, Herbert James Draper, 1898）。画家选取的场景是伊卡洛斯的尸体被海水冲上岸边，精灵们哀悼着他的死亡。“行凶”之后的阳光变成了温和的余晖，令人只想慵懒地睡去。

但这幅画有个小小的破绽：伊卡洛斯的翅膀完整而美丽，这样的翅膀怎会带他驶向死亡？双翼哪有一点被日光融化的痕迹？他纯洁的面孔没有挣扎与恐惧，远远望去，像天使沉睡在古老的大海里。我想，德雷珀是为了美，牺牲了逻辑。

［佛兰德斯］雅各布·乔丹斯《被缚的普罗米修斯》（Prometheus Bound, Jacob Jordeans, 1640）。画面描绘普罗米修斯遭受永刑的场面，那只宙斯派来的鹰每天都会前来啄食普罗米修斯的内脏，内脏则会每天愈合，等待下一天的受刑。盗取天火，为人类带来文明，这在隐逸派看来是一件莫大的罪过，那么普罗米修斯作为罪魁祸首，理应受到这样的惩罚。

梭罗用伊卡洛斯的蜡翅比喻自家烟囱里升起的轻烟，这真是一个优雅的比喻，也恰恰因此而冲淡了故事原有的悲剧性。伊卡洛斯的翅膀被阳光灼烧，那融化的蜡滴若是生出几缕烟雾，应该就是诗人近在目前的场面吧。

诗句以神话起首，亦以神话收束。火种既然是普罗米修斯盗自天界，甚至还引起过诸神的震怒，被宙斯锁在高加索的山岩上，每天被一只神鹰啄咬内脏，那么，这柔媚的轻烟若能上达天庭，或许可以向诸神求得宽恕吧?

也许连梭罗自己都未必留意得到，这伊卡洛斯与普罗米修斯的典故恰恰就是西方文明史上的两大交锋阵地，人们对极简生活的渴慕与拒斥纷纷表现在他们对伊卡洛斯与普罗米修斯的不同态度中。

普罗米修斯在我们的心目中一直都是盗火英雄，那火种对于人类并不仅仅是字面意义上的火种，更是文明的火种，所以人类理应永远对普罗米修斯心怀感激。但也有不太和谐的声音，譬如第欧根尼，不但拒绝承认普罗米修斯是人类的恩主，甚至认为正是他对人类的自作多情才使得人类社会变得越发复杂烦琐和矫揉造作。宙斯是公正的，普罗米修斯受到的严厉惩罚完全是罪有应得。第欧根尼希望人类的生活可以回到普罗米修斯盗火之前的那个时代，无知无识，无欲无求，无拘无束。

伊卡洛斯的隐喻则是：人类总是喜欢炫耀智巧，反而会被自己的智巧困住；他们或许又会利用新的智巧摆脱困境，但一点点的自大与疏失便足以把他们打入万劫不复之境。若是不会制造蜡翅，便不会死于阳光；若是不会设计工程，便不会被困在克里特岛上的高塔上。人类诚然可以作出最美的茧，但作茧永远意味着自缚。

摹［尼德兰］老彼得·勃鲁盖尔《有伊卡洛斯坠落的风景》（Landscape with the Fall of Icarus, Pieter Bruegel the Elder, 1558）。勃鲁盖尔是尼德兰文艺复兴的最后一位大师，擅长表现民俗（无论是农民的风俗还是市民的风俗）。这幅画确实画出了落水的伊卡洛斯，但观者必须仔细去发现：在画面的右下角处，隐隐有踢出水面的一条腿，那便是伊卡洛斯栽入海水的瞬间了。然而画面的主角，那个犁地的农夫，还有一位牧人，各自忙着自己的事情，对身边那历史性的灾难毫无所觉。

1996年，一次借助高科技手段的检测发现，这幅历来被认为是老彼得·勃鲁盖尔的杰作，其实是大约16世纪60年代某位佚名画家的临摹之作。对于憎恶考据的读者来说，这应该只是一则无关紧要的消息。

2

若行不到瓦尔登湖的木屋，一个渴望远离尘嚣的人还能逃到哪里去呢？

梭罗这样记述每一个早晨：“每一个早晨都是一个愉快的邀请，使得我的生活跟大自然同样的简单，也许我可以说，同样的纯洁无瑕。我向曙光顶礼，忠诚如同希腊人。我起身很早，在湖中洗澡；这是个有宗教意味的运动，我所做到的最好的一件事。据说在成汤王的浴盆上就刻着这样的字：‘苟日新，日日新，又日新。’我懂得这个道理。黎明带来了英雄时代。在最早的黎明中，我坐着，门窗大开，一只看不到也想象不到的蚊虫在我的房中飞，它那微弱的吟声都能感动我，就像我听到了宣扬美名的金属喇叭声一样。这是荷马的一首安魂曲，空中的《伊利亚特》和《奥德赛》，歌唱着它的愤怒与漂泊。此中大有宇宙本体之感，宣告着世界的无穷精力与生生不息，直到它被禁。”（《瓦尔登湖》）

他时时谈着《伊利亚特》和《奥德赛》，仿佛他并非生活在一个与世隔绝的现代乡村，而是纵横于荷马史诗的英雄时代，与古代的哲人们抚掌笑谈，领略海伦的美，识破木马的毒计。这也难怪，若没有如许绚烂的幻想，一个像他那样有当时最好的学识与见地的人，难道真的能过起浑浑噩噩、不知不识的隐逸生活吗？

你或许认为他独自生活在杳无人烟的湖畔，却不晓得所有出名的希腊人都是他的比邻和伙伴。他有一首题为《希腊》（*Greece*）的诗，为我们在繁杂的现实生活中指明了一处可以扬帆远航的港口。

当生活的尺度退缩为一段庸俗的区间，
做人也做到日渐厌倦，
我要感谢诸神赐予我辉煌的希腊，

那个永恒的、静谧的精神家园。

当明月腾空，
大地有明灭的光影变幻，
在最幽暗的时辰，我似乎捕捉到一束
雅典卫城的光线。

我的希腊啊，为何我时时想起你，
想你的马拉松大捷、你的温泉关战役？
难道是我生命太贫乏、命运太卑微，
只能用这些金色的回忆支撑自己？

When life contracts into a vulgar span
And human nature tires to be a man,
I thank the gods for Greece,
That permanent realm of peace.

For as the rising moon far in the night
Chequers the shade with forrunning light,
So in my darkest hour my senses seem
To catch from her Acropolis a gleam.

Greece, who am I that should remember thee,

Thy Marathon and thy Thermopylae?

Is my life vulgar my fate mean

Which on such golden memories can lean?

这首诗的一些句子很难用中文传达，比如 And human nature tires to be a man，我们只能从原文里体会 human nature 和 man 的差异。无论如何，梭罗就这样做了一名精神上的希腊人，所以，不是瓦尔登湖，而是希腊，才是他真正隐身的桃花源。

是的，生活中我也有过一个有趣的发现：爱好古代史的人要比爱好现当代史的人更不现实，也更有诗人气质。他们在书中所寻找的世界必须距现实足够远，远得几乎与现实世界没有任何可比之处，惟其如此，他们才会生出如鸟儿栖在悬崖高树上的那种慰藉之感。他们都是梭罗的兄弟，最易听懂他的语言。

［法］雅克-路易·大卫《李奥纳多斯在温泉关》（Leonidas at Thermopylae, Jacques-Louis David, 1814）。这是表现温泉关"斯巴达三百勇士"的最著名的画作，古希腊诗人西摩尼德斯为温泉关之战撰写的铭文被梭罗称为诗中的金句："陌生人，请给斯巴达人捎个口信：我们长眠于此，遵守着他们的训令。"

3

另有一些人，他们选择隐居到童话和诗歌里，比如我们颇为熟悉的叶芝。在英国本土，叶芝最受喜爱的诗篇其实并非《当你老了》（*When You Are Old*），而是《湖心岛茵尼斯弗利》（*The Lake Isle of Innisfree*）——叶芝早年的一首小诗。

相信有很多甚至不知叶芝为何人的姐妹也能够一眼认出“茵尼斯弗利”（Innisfree）这个相当生僻的专有名词，因为它已经变成了韩国十大化妆品牌之一，中文叫做“悦诗风吟”。

我自己也曾用过这个品牌，因为偏爱这个诗意的译名。事实上，我始终相信护肤品如同宗教，你完全无法确证它究竟管不管用；你无法从理性上证明它，却始终在情感上依恋它。

而每个人都有情感上的软肋，于我而言，我用悦诗风吟（Innisfree），因为它随时会带我进入叶芝的诗境；买达芙妮（Daphne），因为我极爱阿波罗和月桂女神的那段传奇；买百丽（Belle），因为我最喜欢的音乐剧是法国的《巴黎圣母院》，而 Belle 正是剧中我最喜欢的几个唱段之一。我这样的顾客肯定要算最不精明的一类，注定总要招人笑话，就连那些仅以外包装决定取舍的人都比我理性几分，所幸我还从未因为胜利女神的缘故特意去买耐克（Nike）。

当然还有太多人喜欢茵尼斯弗利或者悦诗风吟，因为这座湖心小岛可比梭罗的希腊世界或瓦尔登湖贴近我们得多——这就是叶芝，当他想要逃离现实的时候，从不会想出梭罗那么极端的方案。他不是第欧根尼的信徒，相反更像我们这些凡人。

［法］威廉·阿道夫·布格罗《灵魂被带上天国》（Soul Brought to Heaven, William Adolphe Bouguereau, 1878）。这幅画的主题既可以说是死亡，也可以说是解脱，更可以说是逃离。此岸的生活总是令人向往彼岸，向往一个可以有“静谧如露水滴落草窠，浸润了黎明的雾霭，柔软了蟋蟀的歌”的地方，于是有宗教，于是有艺术。

动身吧，去茵尼斯弗利，
用黏土建一座小屋，编一圈篱笆围起，
再种几畦豆子，养一箱蜜蜂，
让我在蜂声响起的林间独居。

静谧如露水滴落草窠，
浸润了黎明的雾霭，柔软了蟋蟀的歌；

光影从午夜的莹莹变到午后的紫，
红雀的翅膀会织出漫天的暮色。

快动身吧，因为在所有的日夜里，
我都听到岸边轻柔的湖水拍击；
在城市的车道上，在灰色的人行道上，
我听见悠扬的水声，就在心底。

I will arise and go now, and go to Innisfree,
And a small cabin build there, of clay and wattles made;
Nine bean rows will I have there, a hive for the honeybee,
And live alone in the bee-loud glade.

And I shall have some peace there, for peace comes dropping slow,
Dropping from the veils of the morning to where the cricket sings;
There midnight's all a-glimmer, and noon a purple glow,
And evening full of the linnet's wings.

I will arise and go now, for always night and day
I hear lake water lapping with low sounds by the shore;
While I stand on the roadway, or on the pavements gray,
I hear it in the deep heart's core.

［法］威廉·阿道夫·布格罗《尼芙之地》（The Nymphaeum, William Adolphe Bouguereau, 1878）。画题中的nymphaeum一词是指蓄水池或水道的出口处，或布置有喷泉、雕像、花卉的地方，它的词根是nymph，即尼芙，生活在山林、水泽处的仙女。在古典时代的想象里，山林、水泽的隐逸之地一定也是尼芙们的聚居之地。布格罗的画面上，用纷乱的动态诠释了极致的静谧，“我听见悠扬的水声，就在心底”。

4

我见过很多人评说所谓最美的诗，私心总是不以为然，觉得这就像一个从未走出本省的人斗胆评选天下美食一般。但是，若有这样一个人，本身就是诗人，同时还是作家、资深的翻译家，尤其专攻诗歌翻译，那么，他心中排名第一的诗一定值得我们很认真地重视一下。

董继平老师完美地符合上述所有标准，并且是个极严谨的人。那天就这个话题问起他，他便提到米罗斯拉夫·霍卢伯（Miroslav Holub）——普通读者恐怕很少有人知道这个名字，因为霍卢伯尚未被写进任何一部文学史教材当中，他的诗集也从未在中国出版过任何译本。董老师很快把霍卢伯的一首诗发到我的电脑上，我本以为他推荐的诗一定是某种很先锋的写法，结果竟朴素得意外，朴素得令人如此动容。

留下的一切
是运河上的一幢小房子。
一个轻声低语的男人，
一个热泪盈眶的女人。
留下的一切是傍晚的灯盏，
餐桌的大陆，
桌布，一只没有飞走的海鸥。

留下的一切
是一杯茶，

世界上最深的海洋。

（董继平译）

你可能很难想象，这首诗的作者并非什么隐居在牧歌时代的敏感文人，而是当代捷克的一位免疫学家，只在业余时间写诗娱情。这倒是很有趣的事情：诗人需要某个具体的时代（比如荷马时代的希腊）或某个具体的地点（比如瓦尔登湖或湖心岛茵尼斯弗利）以远离尘嚣，一位免疫学家却仅仅依靠诗歌本身就成功逃离现实。

后来我找出了那首诗的英译本，才知道它叫《港口》（*Harbour*），并且在“留下的一切”之前还有一段内容。既有董译本的珠玉在前，胆怯的我就只剩下“直白地译出诗意”这唯一一个选择了：

海洋与陆地彼此捆缚。

他们架起吊车，调整旋臂的角度。
他们曾计算塞壬女妖孀居中的哭声，
预见海面浮标的躁动，
草绘环球航道的迷宫。
他们还造出米诺牛一般的大船，
发现了五个全新的大陆。

海洋与陆地彼此捆缚。

［英］约翰·艾特金森·格里姆肖《斯卡伯罗的灯塔》(The Lighthouse at Scarborough, John Atkinson Grimshaw, 1877)。这就是保罗和加芬克尔唱过的那个 Scarborough Fair 所在的地方，而在格里姆肖的时代里，工业化浪潮淹没了一切的民谣趣味，人们虽然还造不出米诺牛一般的巨轮，但早已能够“草绘环球航道的迷宫”了。

背后的一切，是运河上的一幢小房子。
一个柔声的男人，
一个带泪的女人。
背后的一切，是那盏傍晚燃起的灯，
餐桌的大陆，
桌布，一只并不飞走的海鸥。

背后的一切
是一杯茶，
世界上最深的海洋。

But the sea was measured
and chained to the earth.
And the earth was measured
and chained to the sea.

They launched
cranes, lean angels,
they calculated
the wail of widowed sirens,
they foresaw
the nervous unrest of buoys,
they drafted

the labyrinth of routes around the world.

They constructed
the Minotaurs of ships.

They discovered five continents

The earth was measured
and chained to the sea.

And the sea was measured
and chained to the earth.

All that is left
is a small house above the canal.
A man who spoke softly,
a woman with tears in her eyes.
All that is left is the evening lamp,
the continent of the table,
the tablecloth, a sea-gull that does not fly away.

All that is left
is a cup of tea,

the deepest ocean in the world.

(Translated from the Czech by David Young, Dana Habova and the author)

有些诗句很难翻译，例如the wail of widowed sirens，字面上是指塞壬女妖的哭声，这是虚的层面，而在实的层面，是指港口里各种汽笛的鸣响。因为siren兼有“塞壬”与“汽笛”二义，故而诗人才有这样巧妙而难译的修辞。they drafted the labyrinth of routes around the world，这一句将全球航道的草图比喻为一座迷宫，而又由着“迷宫”这个意象再次转入希腊神话的意境：They constructed the Minotaurs of ships，将港口中大船比做米诺斯迷宫里那头吃人的神牛。

诗的前半段是万吨巨轮驶入驶出的港口，诗的后半段是只有一盏灯、一对爱侣的家园。对于一座港口或港口上生活着的某一个人而言，若一抬头，面前便是浩渺无边的大洋与万里之外的陆地；若一回头，背后就是运河上的一幢小房子，是仅仅容纳得下两颗心的最小的蜗居。极大与极小的反差被诗人以巧妙的意象并置的手法营造出来——这是意象派的经典技艺，自埃兹拉·庞德和艾米·洛威尔的时代终结之后，再没有人把这套技艺用得如此精湛。

霍卢伯的见识或许比梭罗他们高明，他以清晰的理科逻辑看出了世界的真相：若没有面前那一整个世界的宏大壮阔，便不会有背后那个小小家园隐逸的温馨。是的，“海洋与陆地彼此捆缚”，港外的海与港内的家，一个柔声的男人与一个带泪的女人，凡此种种，莫不是彼此捆缚。

［法］贝蒂·莫里索《洛伦特港》（The Harbor at Lorient, Berthe Morisot, 1869）。这样的画境，总会慵懒掉观者的身体，使每一个志在四方的男儿突然生出歇脚的念头。

[英]约翰•威廉•沃特豪斯《女巫》

(The Sorceress, John William Waterhouse, 1911)

柏拉图在《伊安篇》里把诗人和巫师划为一类，这没有错，神话与诗歌本就是同源。所以，当我们进入一个祛魅的世界，随着神话的日渐衰亡，诗人也越来越寻找不到自己的归宿。仔细看看画面中那位女巫面前的书本，“神秘莫测的巫术符号”不过是一些平面几何的图形组合罢了，我们该说它是科学还是巫术？——其实，巫术不但与诗歌同源，亦与科学同源。古希腊那位鼎鼎大名的数学家，发现勾股定理的毕达哥拉斯，正是这样一位身兼二职的人物，巫术与科学的共同始祖？

[英]弗雷德里克·莱顿《伊卡洛斯与第达罗斯》(Icarus and Daedalus, Lord Frederick Leighton, 1869)

莱顿是英国19世纪的学院派名家，曾任皇家艺术学院院长，受封男爵，可谓享尽世俗富贵。这幅画描绘了第达罗斯为儿子小心翼翼地扎上蜡翅，年轻的伊卡洛斯跃跃欲试，这一刻，浪漫又温馨。但是，伊卡洛斯的眼睛暗示了即将发生的悲剧：他的目光，清楚表明此时他所向往的，不是自由的生活，而是太阳的壮丽。

伊卡洛斯后来成为西方文学里一个极具象征意义的形象。比如，歌德在《浮士德》第二部中，便将他笔下的人物——放浪不羁的欧福良，比作折翼身亡的伊卡洛斯。实际上，歌德的这位"伊卡洛斯"是以诗人拜伦为原型的。

读行者